De Königsdochter mit de twölf Bröder

Klaus-Peter Asmussen, geboren 1946 in Handewitt, wuchs mit plattdeutscher Muttersprache auf. Nach Abitur am Alten Gymnasium, Flensburg, und sechssemestrigem Studium an der damaligen Pädagogischen Hochschule Flensburg trat er in den Schuldienst ein und war zunächst sechs Jahre lang als Grund- und Hauptschullehrer in Dithmarschen tätig. Ab 1976 arbeitete er als Realschullehrer für Englisch und Dänisch in Tarp, Kreis Schleswig-Flensburg, bis er 2010 in den Ruhestand trat. 2007 veröffentlichte er bei BoD – Books on Demand „Planten un Blomen" ein „Wörterbuch schleswig-holsteinischer Pflanzennamen" (ISBN 978-3-8334-8589-3). Seit 2005 befasst er sich mit dem Übertragen von Märchen unterschiedlichster Provenienz in die plattdeutsche Sprache und Kultur. Sein hier vorgelegtes vierzehntes Märchenbuch enthält Geschichten, die allesamt aus den Niederlanden oder aus Flandern stammen und nach den niederländischen/flämischen Originaltexten übertragen wurden. Klaus-Peter Asmussen wohnt heute in seinem Geburtshaus in Langberg, Gemeinde Handewitt.

Klaus-Peter Asmussen

De Königsdochter mit de twölf Bröder

*un anner Märkens ut Nedderland un Flandern,
nü vertellt up Sleswigsche Geestplatt*

Märkens up Platt # 14

© 2018 Klaus-Peter Asmussen

Herstellung und Verlag:

BoD – Books on Demand, Norderstedt

ISBN 9783748150763

Wat in düt Book in steiht

De Königsdochter mit de twölf Bröder

Dar is mal en König we'n un en Königin, de hebben in en Land wahnt wied weg vun hier un hebben twölf Soehns hatt. Man de Königin hett so gresig geern en Dochter hebben wullt. Mal in'e Winter steiht se an't Finster, un do süht se, up'e Binnerhoff ward in'e Snee en swatte Kalv slacht't. Un do denkt se bi sik: „Wo geern wull ik en Deern hebben mit Haar so swatt as dat dare Kalv, mit Backen so root as dat Bloot dar in'e Snee un Huut so witt as de Snee sülven. Dar wull ik geern min twölf Soehns för intuuschen." Se hett dat man knapp wünscht, do hört se wat: De Dör is upgahn, un en ole Fruunsminsch kümmt na de Kamer rin. De blifft vör ehr stahn un seggt, se hett dar jüst en gresige Wunsch daan, man de schall wahr warrn. Se schall en Dochter kriegen, man in desülvige Ogenblick, wenn de baren ward, schall se ehr twölf Soehns tosetten un se nie nich wedder to seh'n kriegen. Un darmit is de Oolsch wedder verswunnen. Eerst hett de Königin ja en Schreck kregen, man mit de Tied vergitt se dat, wat de Oolsch ehr vörutseggt hett.

Dar sünd wecke Jahren vergahn, do markt de Königin, se schall nochmal wedder wat Lüttes hebben. As de Tied dicht bi is, dat dat Kind kamen schall, do fallen ehr upmal de Wöör vun dat ole Fruunsminsch wedder in. Do kriggt se dat mit de Angst, un as dat so wied is, gifft se Order, ehr twölf Soehns schoe'n inslaten warrn in en grote Saal vun dat Slott, un Suldaten und Schildwachen schoe'n darvör sorgen, dat dar nix un nümms an se rankamen kann un nix passeert. Denn kümmt se to liggen un kriggt en lütte Dochter. Man in desülve Ogenblick gifft dat in de Saal, 'nem ehr Soehns inslaten sünd, en grote Larm vun Flünken, un de Wächters, de dar butenvör stahn, sehn twölf sneewitte Göös dör dat Finster na buten fleegen, sik afglieden un in'e Feern verswinnen. Eerst truut de Königin sik nich un vertellen dat de König, denn se hett em dar ja uck nix vun vertellt, wat de Oolsch ehr vörherseggt hett, man dat lett sik up'e Duer ja uck nich verbargen. Do ward de König dull up ehr. He schickt Suldaten dör sin heele Riek, dat se sin Soehns söken schoe'n, man de sünd narms to finnen. Do lett he bekanntmaken, in sin Land dörven keen wille Göös schaten warrn, un de dat doch deit, de schall darför mit sin Leven betahlen.

De Jahren vergahn, un de Königsdochter wasst ran to en feine Deern. Se hett pickswatte Haar, en feine Klöör up'e Backen, un ehr Huut is so witt as Snee. Blots een Deel verdrütt ehr – se harr so bannig geern wecke Bröder hatt un spelen mit. Ehr Öllern hebben ehr nie nich vertellt, dat se twölf Jungs hatt hebben, de in Göös verwünscht sünd. Man as de Königsdochter twölf Jahr oold ward, do vertellt ehr Mudder ehr, wat dar domals vörfullen is. De Deern dücht, dat is gresig, dat ehr twölf Bröder darför hebben lieden musst, dat se is baren wurrn, un se nimmt sik vör, se will se söken un erlösen. Ehr Vadder un Mudder woe'n dat ja afsluut nich hebben, un se laten ehr insluten in ehr Kamer. Man de Königsdochter hett sik wat Aaft un wecke Noet nahmen vun de gollne Foet, de dar allerwegens in't Slott up Dischen rumstahn, un Klock twölf lett de Deern sik ut't Finster fallen un lannt blangen de Muer up'e Eerde. Dat Aaft un de Noet nimmt se mit in en lütte Korv. Se geiht in't Holt rin un wannert dar de heele Nacht dör. Do hängt ehr dat Tüüg in Plünnen an't Liev, se is vull vun Schrammen, un ut ehr Fööt löppt dat Bloot rut vun all de scharpe Steens, 'nem se up pedd't hett. Se kann meist nich mehr.

Toletzt sett se sik dal an't Över vun en lütte See in't Holt un is ganz fix un ferdig. Se brickt in Tranen ut un denkt, nu mutt se wiss dootblieven vör Smacht un Elend. Upmal hört se hooch in'e Luft dat Schrien vun oeverwegfleegen Göös. Se jumpt tohööcht un föhlt miteens keen Möö'igkeit un keen Wehdaag mehr. Se denkt: „Ik mutt doch wieder", un se löppt so gau, as se kann, achter de verklingen Larm vun de Göös her. Hen to Morrn, as de eerste Sünnenstrahlen up'e Eerde fallen, ward se en sneewitte Slott wies merrn in en düüstere Holt. Rund um dat Slott is en hoge Muer vun swatte Felsbrockens. Se löppt dar um rum, man se kann narms en Ingang finnen.

As se meist um dat heele Slott rumlapen is, finnt se in'e Muer doch noch en lüerlütte Poort, de steiht apen. Vörsichtig witscht se rin, un do süht se vör sik en Flach mit Gras. Merrn up'e Rasen steiht en grote Disch mit twölf gollne Stöhle um rum. Ahn Nadenken löppt se hen, un as se neeger rankümmt, ward se wies, dar stahn twölf gollne Tellern paraat. Un as se noch so steiht un kickt, hört se upmal Flünkenslag, un twölf sneewitte Göös kamen anflagen oever de Böme dicht bi un gahn dal up'e Rasen. So draa as se's Fööt up'e Eerde kamen, warrn ut'e Göös twölf smucke junge Mannslüüd, de stellen sik mit eernsthaftige Gesichter um ehr rum. De Königsdochter weet foorts, dat sünd ehr Bröder, man ehr Bröder kennen ehr ja nich.

Do fraagt een vun de twölf ehr: „Wat wullt du hier?" Se seggt blots: „Ik bün verbiestert." Do seggt desülve Broder: „Dat is heel leeg för di. Ik bün de Öllste, un ik mutt di dat seggen: Vör vele Jahren hebben wi um en Deern allens verlaren, wat wi harrn, un sünd hierher verwünscht wurrn. Darum hebben wi en Eed swaren, dat de eerste Deern oder de eerste Fruu, de hier herkümmt na unse Besitz, dat de starven mutt. Maak di praat, ik bün de Mann, de di dootmaken mutt." Do ward de Königsdochter luud blarrn un röppt dör ehr Tranen: „Man dat koenen I doch nich doon! Ik bün ju's Süster, un ik heff allens in Stick laten, wat ik harr, för un söken ju, ik will ju helpen! Dat is doch nich min Schuld, dat unse Mudder so'n gresige Wunsch daan hett!" Do kieken de twölf Bröder sik heel dalslaan an, un de öllste seggt trurig: „Wi hebben dar ümmer so dull na lengt un bemöten mal unse Süster, un nu wi ehr sehn hebben, moeten wi ehr dootmaken. Man wi koenen unse Eed doch nich breken!"

Upmal steiht de Oolsch, de domals uck ehr Mudder dat Bott bröcht hett, de steiht an't Enne vun'e Disch. „I schoe'n ju doch wat schamen", seggt se, „dat I so'n gresige Eed daan hebben. Wenn uck blots een vu ju een Finger na düsse Deern utstreckt, maak ik ju to twölf Peiten[1], un eendoont wo oold I warrn, denn schoe'n I för de Rest vun ju's Leven in Matsch un Slick rumkrupen. Se is herkamen för un helpen ju, un wenn se Moot un Gedüür hett, kann se de Töver breken, de up ju liggen deit. Se mutt elkeen Morrn dör de Gaarn lopen un all de Spinnweven tohopensöken. Darvun mutt se mit ehr Hänne Fadens dreih'n. Baven in't Slott steiht en Wevstohl, un dar mutt se vun de Fadens twölf Stücken Tüüg up weven. Vun elkeen Stück Tüüg mutt se en Mantel maken, een för

---

[1] Peit = Kröte (dän. padde)

elk vun ju, un wenn I de dare Mantels umnehmen, denn fallt de Töver af vun ju. Söss Jahr ward dat duern, bet se dar klaar mit is. Un dar is noch een Bedingen bi – in de Tied, wo ju's Süster dat deit, de Spinnweven tohopensöcht, de Fadens tweernt, de Stücken Tüüg wevt un de Mantels maakt, dörv se nich een Woort snacken, nich lachen un nich blarrn. Deit se dat uck man eenmal, moeten I all twölf bet an ju's Dood Göös blieven. Nu hebben I de Wahl: Maak ehr doot oder laat ju erlösen." De twölf Bröder kieken se's Süster an, un de öllste seggt: „Dat is unminschlich swaar. Truust du di dat woll to, Süster?" De Deern seggt nix, se nickt blots mit de Kopp. De Oolsch seggt: „Dat schall passeern, as ik dat seggt heff, un nu is dat afmaakt!" Un boots! is se weg.

De twölf Bröder koenen dat nu to Huus meist nich mehr utholen; bi Dag un bi Nacht fleegen se rut. Mitünner blieven se en ganze Tied weg, un wenn se na Huus kamen, finnen se dar se's Süster, de snackt nich, lacht nich un weent nich un deit nix anners as Fadens tweernen un an'e Wevstohl sitten. Sodennig sitt de Königsdochter dar dree Jahr achter'nanner to tweernen un to weven, un elkeen Morrn geiht se ganz fröh rut un söcht Spinnweven. Se günnt sik knapp de Tied för Eten un Drinken, nie nich sitt se en Ogenblick still, un de heele Tied snackt se nich un lacht nich un weent nich.

Mal sünd ehr Bröder buten Huus, un se sitt an't apene Finster un tweernt, do hört se in'e Feern en Jagdhoorn blasen. Kort darna springt dar en feine pickswatte Perd oever de Slottsmuer, un dar sitt en wunnerbar smucke junge Mann up. Twee Windhünne rönnen blangen em her, un de eene springt dör't Finster un leggt sin Poten in de Königsdochter ehr

Schoot. As se sik na em dalbÖÖgt, lickt 'n ehr in't Gesicht. De junge Mann is fein in Tüüg, een kann seh'n, dat mutt en Prinz we'n. He nimmt de Hoot af, maakt en deepe Bückling un seggt, se schall em dat man nich för oevel nehmen, dat he ahn ehr Verlööv oever de Muer sprungen is. De Königsdochter kickt em blots an mit Ogen vull Kummer un seggt keen Woort. He fraagt ehr, wokeen ehr Öllern sünd, mit wovel Lüüd se in dat Slott wahnen deit, un noch vel mehr, man de Königsdochter kickt em blots denn un wenn an un seggt keen Woort. He versöcht allens Moegliche un kriegen ehr to snacken, man dat helpt allens nix, un do mutt he toletzt ja annehmen, se is stumm. He fraagt, um se wat to drinken hett, un se langt em wat rut dör't Finster. He sett sik dal up en Steen un singt ehr sachten en Leed vör un vertellt ehr, he is jüst König wurrn in en Riek, dat liggt güntsiet dat düüstere Holt. Se dücht em so smuck, dat he ehr fraagt, um he mal dörv wedderkamen. Do nickt se sachten „Ja". Nu is dar doch wedder en lütte Funk Freud in ehr Hart, un se kann meist de Tied nich aftöven, bet he wedderkümmt.

As se de neegste Dag dat Jagdhoorn wedder hört, warrn ehr blasse Backen root, un as dat Perd wedder oever de Muer springt, liggen ehr Hänne still in ehr Schoot. He nimmt ehr beide Hänne in sin, fallt up'e Kneen un fraagt ehr, um se em heiraden un Königin vun sin Land warrn will. De Königsdochter schütt-koppt un versöcht un bedüden em, dat dat nich geiht. Se will ja ehr Bröder nich in Stick laten. Man he lett nich na, un wo se em uck geern lieden mag, nickt se upletzt „Ja". Se nimmt em mit na baven un bedüüd't em, se mutt en Wevstohl hebben. Se nimmt de Mantels, de se ferdig hett, un en Korv vull Spinnweven mit. De junge König sett ehr vör sik up sin Perd un sett mit ehr oever de Muer. He freut sik bannig, man ünnerwegens ward he doch en beten benaut, denn wat ward woll sin Steefmudder darto seggen? De Naam na is he ja de König, man in Wahrheit stüert se dat Riek, un se is en leege, tücksche Fruunsminsch. Darum ritt he liekto dör na de Bischop, dat de se tohopengeven kann. De Bischop truut sik nich un setten sik up gegen em, wo he ja de König is. Man uck bi de Truu seggt de Königsdochter keen Woort, se nickt blots „Ja".

As de Steefmudder to hören kriggt, de König is verheiraad't mit en Deern, de se nich mal kennen deit, ward se splitterndull, un se maakt de junge Königin dat Leven suer un deit allens för un rieten ehr dal in'e Ogen vun de Minschen. Wenn dar annern bi sünd, seggt se, een kann woll seh'n, se kümmt vun ringe Lüüd her un is so dumm, dat se nichmal dat Snacken lehrt hett. Man de König hollt en Barg vun ehr, un wenn em dat uck verdreeten deit, dat he nich mit ehr snacken kann un dat se em nie nich anlacht, he will ehr um all dat Geld vun'e Welt nich wedder missen.

De Königsdochter deit ehr Arbeit geruhig wieder – elkeen Morrn sammelt se in'e Slottgaarns Spinnweven un spinnt dar Fadens vun; middags sitt se an'e Wevstohl un laat an'e Avend sitt se stillkens bi de König sin Fööt. Dat duert nich lang', un de junge Königin schall wat Lüttes hebben, un do kriggt se en lütte Jung. De hett pickswatte Haar as sin Mudder, man anners süht he sin Vadder liek. De König is dar gewaltig stolt up un lett in't heele Land Festen fiern. Blots de Steefmudder löppt mit en quesige Fliep dör't Slott, se kann dat nich verknusen, dat se in'e Achtergrund schaven ward un sik nu allens um de junge Königin un ehr Gör dreiht. Se seggt, se kann nich slapen, un lett vun en Deenstdeern bi en ole Hex – de huust dar in't Holt – bi de lett se en Slaapdrunk halen. De dare Slaapdrunk mengeleert se in en Teller Supp un geiht dar na de Königin mit. De itt de Supp un fallt meist mit een Slag in Slaap.

Do will de Steefmudder de lütte Bengel afmurksen, man as se em in'e Hänne hett, kickt se ut't Finster, un do sitt dar en grote Adler up een vun de Böme. Dat is Wintertied, un dar liggt Snee. Do smitt se dat Kind ut'e boeverste Etaasch rut ut't Finster, man ehrer dat up'e Grund sleit, is de Adler al dalgleden; de grippt de lütte Prinz in sin Klauen un flüggt dar weg mit oever't Holt roever. Denn stickt de Steefmudder sik in'e Finger mit en Nadel, smeert dat Bloot, wat dar rutkümmt, um de slapen Königin ehr Mund un ward luuthals bölken un sik tieren. As de König do anrennt kümmt, wiest de Steefmudder up'e leddige Weeg un up dat Bloot um de Königin ehr Mund un seggt, dat is en Düvelsche, de hett ehr eegne Kind upfreten. De König will dat ja eerst nich gloven, man se sabbelt so lang' up em in, bet em toletzt doch Twiefel kamen. Se seggt, dat is woll dat Beste, wenn dar bekanntmaakt ward, dat Kind is sin Mudder vun'e Arm rutscht un ut't Finster fullen, un en grote Adler hett et wegslept. De König lett dat denn bekanntmaken, man de Steefmudder fluustert elk un een in't Ohr, dat et heel anners togahn is. De junge Königin kann dat gar nich faten, man se seggt keen Woort, un se vergütt keen Traan, un se marst sik noch duller af mit tweernen, weven un neih'n. Ehr eenzige Troost is, elkeen Nacht fleegen dar twölf witte Göös oever dat Slott un ropen na ehr.

14

Wieldes vergeiht de Tied, un de junge Königin schall wedder wat Lüttes hebben. As se de twölf Mantels bet up een Mau ferdig hett, bringt se en söte lütte Deern to Welt. De König sett Dag un Nacht Schildwachen vör ehr Kamer, un se dörv keen Minut alleen laten warrn. Man de Steefmudder bestickt de Wächters un gifft de Deenstdeerns un de Königin wat Slickerkraam mit en Slaapmiddel in. Denn witscht se rin in de Slaapkamer un will de lütte Deern afmurksen, man in de Boom sitt wedder desülve Adler, un wedder smitt se de dat Kind hen. Do glitt de dal, grippt et in'e Flucht un flüggt dar weg mit oever't Holt. De Steefmudder smeert de Königin nu noch mehr Bloot um'e Mund und ward denn gresig bölken un sik tieren as unklook. De König kümmt anrönnt, un nu mutt he ja sachs gloven, dat sin Fruu ehr eegne Kinner upfreten hett. De Königin sitt dar as en Bild ut Steen, un wenn se uck vun Kummer toreten ward, se seggt doch keen Woort un weent keen Traan.

Keeneen weet ja, wodennig dat würklich togahn is, un so ward se verordeelt to'n Dood in't Füer. Wieldes de Brennhupen klaarmaakt ward, wevt de Königin de letzte Fadens to en Stück Tüüg, 'nem de letzte Mau vun maakt warrn schall. Se arbeid't as dull de heele Nacht dör, un as se de neegste Morrn afhaalt ward, dat se ehr, wenn de Sünn upgeiht, verbrennen woe'n, do is de Mau klaar. Se nimmt de twölf Mantels mit un neiht wieder. Un uck as se up'e Brennhupen steiht, weent se nich un seggt keen Woort un neiht ümmer vörföötsch weg. Man as se de letzte Stich maakt hett, lett se een Traan fallen. Se sleit ehr Ogen up un süht de König baven an en Finster vun't Slott stahn. Do röppt se: „Verbrenn mi nich, ik

15

heff di leev, un ik bün unschüllig!" De König rönnt de Treppen dal, man ehrer he nedden is, hebben se dat Füer al in'e Brennhupen rinsmeten. Do is dar upmal Flünkenslag to hören, un twölf sneewitte Göös kamen dal vun'e Heven un glieden dal rund um'e Brennhupen. Un ehrer de Lüüd begriepen, wat dar passeert, smitt de Königsdochter een Mantel oever elk vun de Göös, un in't sülve stahn dar twölf Prinzen. De öllste springt dör de Flammen un rett' sin Süster ut dat Füer.

De König nimmt sin Fruu in'e Arms un gifft ehr düchtig wecke Sötens, un ehr twölf Bröder stahn rundum, do kümmt dar en grote Adler anflagen mit en witte Bünnel in elkeen Klau. So draa as de Vagel up'e Grund kümmt, ward'n to en Witte Fruu, de hett up elkeen Arm en Kind, en Jung un en Deern. De Witte Fruu seggt: „Nu kümmt an't Licht, wokeen de wahre Schüllige is, un de nehm ik mit!" Se maakt sik wedder to en grote Adler, un de Adler grippt mit sin starke Klauen de Steefmudder un flüggt mit ehr oever't düüstere Holt weg. Se is nie nich wedderkamen. De König un de Königin hebben noch lang' un glücklich levt, un de twölf Bröder hebben elk dat Seggen oever en Deel vun't Riek kregen. Man de Order, dat dar keen wille Göös dootmaakt warrn dörven, de is bestahn bleven, so lang' as de dare König levt hett.

De Deern un de Slang

Up't Torfland, an'e Kant vun en grote Moor, hett mal en Torfarbeider wahnt mit sin Fruu un een Deern. Elkeen Morrn hett de Deern vun ehr Mudder en Tass warme Melk kregen. Mal löppt se mit de Tass Melk in'e Hand na buten un sett sik dal up en Stubben an'e Kant vun't Moor. Do kümmt dar ut de Mudd en grote Slang rutkrapen un slängelt sik hen na ehr. Man de Deern is nich bang'; se langt 'n ehr Tass mit Melk hen, un de Slang drinkt ut, wat dar noch na is. Denn krüppt 'n wedder rin in't Moor, man bi de Deern ehr Fööt liggt en Goldstück, dat nimmt se mit na Huus. Ehr Vadder fraagt: „Wodennig kümmst du dar bi?" Man se seggt blots, dat hett se funnen. Ümmer wenn se nu warme Melk kriggt, löppt se na buten un hen na de Stubben an'e Kant vun't Moor. Denn kümmt de Slang wedder, un wenn 'n sin Melk drunken hett, kriggt se en Goldstück.

Toletzt will de Vadder weeten, wonem all dat Gold herkamen deit. He sliekert ehr heemlich achterna un süht, wo de Slang ut dat Moor rutkümmt un sin Dochter in Tuusch för de Melk en Goldstück gifft. As se na Huus kümmt, nimmt he ehr uck *dat* Goldstück af un seggt: „Dat kann ik beter bruken as du, un vun nu an bliffst du binnen. Ik will dat woll sülven halen." De neegste Morrn dörv de Deern nich na buten, un he löppt sülven mit en Tass vull warme Melk na de Kant vun't Moor, un dar geiht he sitten up'e Boomstubben un luert. Man de Slang kümmt nich. De Vadder is heel dull in'e Kopp vör Raasch up sin Dochter. He seggt: „Du hest di dat ja woll afsnackt mit de Slang, man du kümmst nich mehr na buten!" Un sülven geiht he elkeen Morrn mit sin Tass warme Melk na't Moor. Man de Slang kümmt nich wedder.

Wat later ward sin Dochter süük; se kriggt de Uttehr'n[1]. Un mal seggt se: „Vadder, dat duert nich mehr lang', denn bliev ik doot. Will Vadder mi noch eenmal en Vergnögen maken un mi na de Stä' hendrägen, 'nem de Slang ut't Moor keem?" De Vadder driggt ehr hen na de Stä' un sett ehr up'e Stubben. Denn seggt se: „Haal mi doch en Tass warme Melk." He haalt ehr en Tass warme Melk un geiht wedder na binnen. De Slang kümmt ut't Moor, se drinkt de Hälft vun ehr Melk ut un lett wedder en Goldstück dar. Un dat Kind is vun de Ogenblick an wedder risch. Sodennig geiht dat noch en lange Tied, un toletzt hebben se en ganze Barg Goldstücken in't Huus.

Do brickt dar mal up dat Torfland en grote Brand ut, un de Stä', 'nem se wahnen, is vun alle Kanten inslaten vun dat Füer. De Vadder seggt: „Wi moeten versöken un kamen weg dör dat Moor." Do seggt de Deern: „Man ik will de Slang noch eenmal Melk bringen." Se löppt mit en Tass vull warme Melk na de Stubben, un de Slang kümmt wedder rut ut't Moor. Do seggt se to de Slang: „Düt is dat letzte Mal, denn de Torf steiht in Brand, un wi moeten hier verbrennen." Do seggt de Slang: „Dat hebben I nich nödig, ik will ju woll helpen. Ik bring ju na de anner Siet." De Deern haalt ehr Vadder un Mudder un seggt: „De Slang will uns na de anner Siet vun't Moor bringen." Do nimmt ehr Vadder de Sack mit de Goldstücken up'e Nack un se lopen na de Kant vun't Moor. De Slang seggt: „Sett ju man up min Rügg!"

---

[1] Uttehr'n = Schwindsucht

Un se bringt se en Enne dör dat Moor na en dröge Plack in'e Mitt, un dar seggt se: „Ik kann ju woll wieder bringen, man hier is dat so week un so deep, hier kann ik blots een Minsch upmal drägen."

Eerst seggt se to de Dochter: „Klarr du man up min Rügg!" De Deern sett sik up ehr Rügg, un se bringt ehr na de anner Siet, up't dröge Land. Denn kümmt se wedder un haalt de Mudder. Denn kümmt se nochmal wedder för un halen de Vadder. De Mann sett sik up ehr Rügg, man sülven hett he de Sack mit de Goldstücken up'e Nack. Do seggt de Slang: „Dat geiht nich. Di kann ik woll drägen, man dat Gold kannst du nich mitnehmen, dat musst du hierlaten." Man de Vadder seggt: „Dat do ik nich. Min Gold mutt mit!" Do kriegen se so'n Striet, dat de Mann toletzt en dicke Knüppel nimmt un haut de Slang doot. De Mann is nich mehr wedderkamen.

Sörre de Tied kann een woll dör dat Moor kamen, man denn mutt een de Padd langgahn, de de Slang maakt hett, as se de Dochter un ehr Mudder weg-bröcht hett. Up beide Sieden wassen Planten mit Blöme, de sehn jüst so ut as Goldstücken. Vun de dare Padd dörf een nich afgahn, denn wenn een blangenbi pedd't un will so'n Bloom afplöcken, de sackt weg in't Moor un versüppt.

De singen Seejumfer

Dar is mal en Fischer sin Wittfruu we'n, de hett alleen mit ehr lütte Dochter in en lütte Kaat an'e See wahnt. De Deern hollt vel vun de See. Elkeen Dag spelt se an'e Strand un in't Water. Mitünner geiht se so wiet rut, dat se Mars hett un kamen wedder t'rügg.

De Wittfru hett vör en paar Jahren ehr Mann verlaren, he is up See bleven, un nu is se bang', ehr Dochter kunn uck versupen. Darum seggt se ümmer wedder to de Deern, se schall doch vörsichtig we'n. Dat Water ritt ehr nochmal mit, seggt se, un denn kann se nich mehr t'rüggkamen. Se schall doch nich to wied in't Water gahn. Man sülven hett se keen Tied un passen ümmerto up ehr Dochter up. Se mutt elkeen Dag afste' un up Arbeit, dat se dat Broot verdeent. Een Middag kümmt se mal en beten later na Huus, un do is de Deern noch nich dar. Unruhig löppt de Mudder na de See un kickt oever dat Water. Man se kann ehr Kind keen Stä' wies warrn. Do löppt se langs de Strand un röppt na de Deern.

As dat hen to Avend geiht, hett se ehr Dochter noch nich funnen. Deeptrurig geiht de stackels Mudder na Huus. Upmal klingt dar en wunnerbar smucke Stimm ut de See, de singt:

> „In min Slott an'e Grund vun'e See
> spelen min Kinner heel tofre'.“

Gau löppt de Fischersfruu wedder an't Water. Do süht se en Seejumfer mit lange, lose Haar up'e Bülgen schaukeln. Um se nich hett ehr Dochter sehn, fraagt de Mudder mit bange Stimm.

Ja, wiss, antert de Seejumfer, ehr Dochter is mitnahmen vun de Bülgen, man dat geiht ehr guut. Se spelt

20

mit anner Kinner in ehr Slott an'e Grund vun'e See. Do ward de Fruu luud blarrn. Se schall ehr doch ehr Kind weddergeven, bedelt se, se is doch allens, wat se hett. De Seejumfer antert nich. Se singt, un ehr Stimm schallt luut oever dat pülschen Water.

De Mudder blifft bi un bedelt, un do deit se de Seejumfer upletzt leed. Wat de See nahmen hett, seggt se, dat gifft 'n nich wedder her. Man se will doch wat för ehr doon. Se will ehr mitnehmen na dat Slott. Denn kann se sülven ehr Dochter sehn. Um se sik truut un kamen mit, fraagt se – O ja, röppt de Fischersfruu, dat truut se sik! Do bringt de Seejumfer ehr na de Grund vun'e See. Dar steiht en prachtvulle Slott, dat glinstert as Kristall. Dar in strahlt en gollne Licht. De Seejumfer bringt de Fruu na en lütte Kamer. Dar is en lüerlütte Finster in, nich vel grötter as en Sloetellock. Dar schall se man mal dörkieken, lacht de Seejumfer. Verwunnert pliert de bedröövte Mudder dör dat lütte Finster. Do süht se en grote Saal mit Kinner, de lachen un spelen. Ehr Dochter is dar uck mang. Se lacht un spelt heel tofreden, jüst so as de annern. Wat freut de Mudder sik, as se süht, ehr Kind levt noch. Um se hen dörv na ehr, fraagt se. Nee, seggt de Seejumfer, dat Kind hört de See. Un wat de See mal nahmen hett, dat gifft 'n nich wedder her. – Och, bedelt de Mudder verdreetlich, um se denn dar blieven dörv un kieken. – So lang', as se will, seggt de Seejumfer.

Daag un Wuchen blifft de stackels Mudder bi un kieken dör dat lütte Finster. Man een Dag kann se dat nich mehr utholen, un se fraagt de Seejumfer nochmal un seggt, se schall ehr doch ehr Kind weddergeven. De See hett ehr al ehr Mann nahmen un nu uck noch ehr Kind, se is so alleen, jammert se. Do ward se de Seejumfer duern, un se seggt: Guut, man denn mutt se de Seejumfer eerst en Mantel strichen vun ehr eegne Haar. Se will ehr en Wunnerdrunk geven, dar wasst ehr Haar gauer vun. Un se kriggt uck en paar feine Strichwier'n un en Scheer. Foorts geiht de Mudder bi un klippen ehr lange Haar af, un se kriggt sik en Sluck vun'e Wunnerdrunk. Denn sleit se Maschen up'e Wier un fangt an un strichen.

Dat ward so'n fiene Wev, dat duert lang', bet de heele Mantel klaar is. Man na en halve Jahr is de Mantel denn t'recht. De Seejumfer is dar heel tofreden mit un bringt de Fischerswittfruu mit ehr Kind wedder rup an'e Strand.

De rode Afkaat

Dar is mal en Vadder we'n un en Mudder, de sünd fröh dootbleven un hebben twee Jungs nalaten. Do sünd de Lütten de Armenkass to Last fullen, un de dare Kass hett se's Versorgen apen utschreven, un hebben de Toslag an de geven, de dat minnste Bott afgeven hett – en arme Buer, de för en beten Geld nu de Weesen[1] in't Huus nahmen hett, un dat mehr ut Mitleeed as dat he dar wat hett mit rieten wullt.

Sin eerste Sorg is, dat he de beide Kinner to School schickt, denn he hett dat sülven faken markt, wat dat för'n Schiet is, wenn een nich lesen un schrieven kann. Un twüschen de Schoolstunnen lett he se Huusarbeit maken, dat se sik tiedig an'e Arbeit wennen.

De Dörpsschoolmeister markt bald, de öllste Jung hett en fixe Verstand un kann guut beholen, un de Buer hollt en Barg vun de jüngste as een, de geern sware Arbeit deit. As de Jüngste soeven Jahr oold is, ward he denn uck ut'e School haalt, dat he de Landweertschop lehren schall. He is so risch as en Fisch, so flietig as en Imm, un ehrer he tein Jahr oold is, do is he so stark as en Perd, un dat duert nich lang' un de Buer kann em up de Buerstä' nich mehr missen. He is sin Plegvadder in de sin Öller en wahre Stütt wurrn. De Öllere is wieder to School gahn, un as he veertein ward un en Barg lehrt hett, ward he vun de König sin Rentmeister up't Kontor nahmen. Dar koenen se em uck bald nich mehr missen, un dat duert nich lang', do is he de rechte Hand vun sin Herr un Meister.

---

[1] Wees = Waise

Nu kümmt dat mal so, dat de Rentmeister Order kriggt vun sin König, he schall dat Rentmeisteramt in en anner Deel vun't Riek oevernehmen, wied weg. Na lange Oeverleggen un Afweegen ward denn beslaten, de öllste vun de Weesen schall mit em gahn. De treckt denn uck – na en trurige Afscheed vun sin Broder un se's Plegvadder – mit de Rentmeister hen na de sin nüe Uphool'n.

Denn vergahn dar dörtig lange Jahren, ahn dat de beide Bröder een vun de anner wat hören. De mitleedige Buer is wieldes dootbleven un de jüngste vun de Weesen is mit de sin Dochter verheiraad't. Sodennig hett he de Buerstä' arvt un kann nu mit sware Arbeit un mit Vörsicht sin Broot verdeenen, wenn't uck man wat knapp is.

Mal kümmt dar een na dat Dörp un bringt em Bescheed ut dat wied aflegene Land, 'nem sin Broder mit de Rentmeister vör dörtig Jahr hentrocken is. De Rentmeister, vertellt de Baad, is vör en tein Jahrs Tied dootbleven un hett all sin Geld un Guut an de Wees verarvt, de em so lang' truu un ehrlich deent hett. Un de König hett em as nüe Rentmeister annahmen, man nu is he vör wecke Tied uck dootbleven. Aver vörher hett he sin Broder as Arv vun sin grote Vermoegen insett.

Nich lang', un de Arv maakt sik up'e Reis darhen, 'nem sin Broder storven is. Un as he dar na en Footreis vun en paar Wuchen ankümmt, verköfft he de Broder sin Huus un Hoff, stickt dat Geld, wat he darför kregen hett un all dat Geld, wat sin Broder em nalaten hett, in en Reistasch un maakt sik mit de dare Packelaasch up'e Weg na Huus.

Een Avend mutt he ünnerwegens in en Dörpskroog Nacht blieven. De Kröger un sin Fruu stickt ja foorts de sware Reistasch in't Oog, un do gahn se nachts bi, maken de Tasch up, tellen dat Geld un schrieven nipp up, wovel vun elkeen Slag Geldstücken dar in sünd. Denn gahn se na de Vaagt vun dat Dörp un vertellen em, dar is en Frömde introcken bi se, un de hett se all se's Geld klaut.

De Vaagt un sin Knechten sünd gau dar un setten de Reisen fast. Un as sik dat de neegste Dag wiest, in de Reistasch sind jüst so vel Geldstücken in, as de Kröger un sin Oolsch dat angeven hebben, do gifft dat ja keen Twiefel an sin Schuld, un he ward veror-deelt, bi dree Daag schall he uphängt warrn. So lang' ward he in'e Keller insparrt un kann dar oever sin trurige Schicksal nadenken.

He sett sik dal up sin Lager un blarrt, bet upmal, jüst um Middernacht, en frömde Herr vör em steiht, heel in Root kleed't, un de fraagt em, warum he dar in't Kaschott sitten deit. Do vertellt he em uprichtig, wat dar passeert is. As he ferdig is, seggt de Frömde, he is de Düvel, un he will em dar ruthalen un em uck sin Geld wedderkriegen, wenn he em darför sin Seel verschrieven will.

Man dat will he nich, un uck as de Düvel em de tweete un drütte Nacht mit desülve Vörslag kümmt, seggt he dar Nee to. Dat letzte Mal blifft de Düvel lang bi un maalt em in'e smuckste Klören dat feine Leven ut, wat he mit all dat Geld hebben kann. Man dat is all in'e Wind snackt, un as de Düvel toletzt begrippt, dat hier för em keen Blomenputt to winnen is, seggt he: „Na ja, ik will di man liekers helpen. Wenn se di morrn na de ole Moo' Verlööv geven un spreken noch en letzte Woort, denn segg man, du hest dat an de rode Afkaat oevergeven un verdeffen-deern di. All dat anner kümmt denn vun alleen."

Ja, dat will he doon, dat seggt he de Düvel to. Un as he de neegste Morrn up't Schafott klarrt is un se fragen em, um he noch wat seggen will, do seggt he rigtig: „Ik heff dat de rode Afkaat oeverdragen un verdeffendeern mi." Un upmal steiht dar en Herr vör de verbaaste Richters, heel un deel in Root kleed't, un keeneen hett sehn, wonem de upmal herkamen is. „Wullt du", fraagt he de Verordeelte, „bi de Allmächtige Gott swören, dat du dat Geld nich stahlen hest, man dat et din is?" – „Ja", seggt he un leggt fierlich de verlangte Eed af. Denn dreiht de rode Afkaat sik na de Kröger un sin Oolsch un fraagt: „Woe'n I uck swören, dat dat Geld ju hören deit?" Un de sünd uck paraat un leggen de Eed af. Man knapp hebben se dat letzte Woort vun de Eed utspraken, do seggt de Düvel „Denn her mit ju!", un do flüggt he in wille Fahrt afste' mit de falsche Kröger un sin Oolsch in Sleptau. Do marken de Richters, se hebben en unschüllige een verordeelt. Un do spreken se em frie un geven em sin Geld wedder. Man de Vaagt verlangt nu sin Lohn un de Lohn för de Scharprichter un de Unkosten vun de Prozess. „Is guut", seggt de Friesprakene, „nimm di dat man sülven rut ut de Tasch, man nimmst du uck man een Penn to vel, denn roop ik min rode Afkaat." Do leggt de Vaagt dar keen Hand an, man glitt sik sliepsteerts af.

Ahn wiedere Maleschen kümmt de Arv nu mit sin Geld na Huus. He köfft sik de gröttste un feinste Buerstä' in't Dörp un hett dar jahrelang mit Fruu un Kinner so glücklich levt, as en Minsch man we'n kann.

Dat Eiland un de gollne Appel

Dar is mal en König we'n, de hett dree Soehns hatt. As he oold ward, röppt he se na sik her und seggt, *de* vun se schall de Thron arven, de dat uck würklich verdeent. Ganz wied weg in'e See liggt en Eiland, un dar stahn wecke Böme up, dar wassen gollne Appeln an. „De vun ju dree Manns nugg is", seggt de König, „und haalt dar een gollne Appel vun un bringt mi de, de ward min Thronfolger."

De Öllste will dat denn man mal as Eerste versöken. He fahrt dar mit en Boot up los, man as se dicht bi dat Eiland kamen, kümmt dar en gresige Storm up, un de Bülgen gahn huushooch. De Boot ward t'rügg-dreven und weiht an't faste Land. Do seggt de Prinz to de Schipper, 'nem he de Boot vun hüert hett, se woe'n dat man mal afluern.

De neegste Dag fahren se wedder rut, man dar kümmt wedder so'n Storm up, und dat geiht wedder jüst so as de Dag vörher. De drütte Dag probeert he dat nochmal, man al wedder vergevs. Do fahrt he wedder na Huus un seggt, nee, dat ward nix.

Do geiht de Tweete dar denn mal up los. He denkt: „Wenn ik nu um dat Eiland rumseilen do un dat gifft wedder so'n Storm un de weiht ut desülve Eck as bi min Broder, denn weiht 'n mi ja jüst na dat Eiland hen." Man as he rutkümmt up See, do is dar gar keen Wind, un se dümpeln dar man so rum. Un wat se uck rojen un wo dicht se uck denn un wenn an dat Eiland rankamen, ganz hen kamen se nich. Se swalken dar so lang' rum, bet se's Proverjant all is, un denn fahren se wedder na Huus. Laterhen versöcht he dat noch tweemal, man dat bringt uck nix.

Denn maakt de jüngste Prinz sik klaar för de Reis. He töövt, bet dat arig strenge Frost gifft, un as denn allens fast tofraren is, geit he dar up Striedschoh up dal. He kümmt ganz dicht an dat Eiland ran, man denn kümmt wedder de dare gresige Wind up.

De Prinz haut sin Hacken in dat Ies, man he is nichmal in Stann un blieven up een Plack stahn. Aver wat he haapt un sik wünscht hett, dat passeert: Vun de dulle Wind weihn dar gollne Appeln dal vun de Böme. De blieven in'e Snee liggen, man een darvun süht he oever dat Ies an sik vörbirullen, vun dat Eiland dal. Un he ja achterran. Up Striedschoh kümmt he gauer vöran, as de Appel rullen deit. Sodennig kriggt he denn doch een Appel to faten un kümmt dar to Huus mit an. Un do arvt de jüngste Prinz de Thron vun sin Vadder.

De Königsdochter mit de gollne Sünnschirm

Dar is mal en Königsdochter we'n, de hett in en Slott wahnt, dat hett hooch up en Barg stahn. Un dat Slott is so groot we'n, dar sünd sachs en dusend Kamern in we'n, un all lieker apattig un fein. Vör dat Slott hett en prachtvulle Gaarn legen, 'nem de feinste Blöme blöht hebben. Sogar to Wintertied, wenn dat sneet hett, hebben de Blöme blöht un fein rüükt un de Vageln hebben sungen, denn de Gaarn is mit Glas oeverdeckt we'n, un de dicke Muern hebben keen beten Treck dörlaten.

Ut de Finstern vun dat Slott hett een na all Sieden oever de Welt kieken kunnt, up Seen un Städer, Holt un gröne Wischen. Man allens is so wied weg we'n – een hett blots dat Smucke sehn kunnt, un dat Eklige is nich to sehn we'n. Un sodennig hett de Königsdochter dat uck ümmer sehn.

Vun dat Leven in de Welt hett se nix afwusst. Se hett blots wusst, se is en Königsdochter, un allens wat buten dat Slott is, hett nich existeert för ehr. Se hett vun gollne Tellern eten un ut so'n dünne Gloes drunken, wenn se dar ut drunken hett, is ehr dat ut de Fingern rutscht un up'e Del to Gruus fullen. Elkeen Dag hett se en nüe Kleed anhatt vun echte Sied, bestickt mit Parlen un Demanten. Un nie nich is dat Tüüg vun'e eene Dag dat vun'e neegste liek we'n. Wevers sünd oever Dag flietig bi we'n un weven, Malers hebben maalt, un de Königsdochter ehr Deenstdeerns sünd mit Stickerien togang' we'n, un all hebben se sik anstrengt, dat se sik wat Apattiges un Nües hebben infallen laten för dat kostbare Kleed vun de Königsdochter. Elkeen Morrn hett dat praat legen up'e Stohl vör ehr Bett un is ümmer dat Eerste we'n, wat se wies wurrn is, wenn se morrns waak wurrn is. Mal hett se lacht, mal is se mucksch we'n, all darna, wat för'n Luun se hatt hett. Un wenn se lacht hett, denn hett de, de ehr Kleed maakt hett, en Büdel mit Goldstücken kregen; man wenn se mucksch we'n is, is he för all Tieden ut dat Land jaagt wurrn, ganz wied weg, denn wat Beteres hett he ja nich verdeent hatt, een, de nich dat mal an een Dag klaarkriggt un maken wahr, wat de Königsdochter sik wünscht!

Tein feine blanke Perde un tein rutputzte Kutschen hebben ümmer in'e Stallen praat stahn, un wenn se mal hett utfahren wullt oder spazeern gahn in'e Gaarn, denn sünd dar eerst lange Löpers oever de Stieg'en utrullt wurrn, un achter ehr is en Deener gahn, de hett en Sünnschirm oever ehr Kopp holen.

Dat is en heel apattige Sünnschirm we'n. De is vun Gold we'n, en Barg gollne Liesten, an'e Spitz so dünn as Nadeln un na nedden to breeder, un an elkeen Liest hett en lütte Bimmel vun Gold hungen, fievun- föftig tosamen, un wenn de Königsdochter spazeern gahn is un de Deener hett ehr de Schirm oever de Kopp holen, denn hebben all de lütte Bimmeln klin- gelt, un dat hett sik ganz fein anhört. Un en grote Künstler hett de Sünnschirm mit en fiene Dook vun Sied bespannt un dat mit gediegene, grote Blöme bestickt, de hett he vun de König sin Wapen afnah- men. Un sodennig is se in'e Gaarn spazeern gahn un is all Minschen ut'e Weg gahn, un vun'e Welt hett se nix afwusst. Armoot un Leed, Unfreden un Afgunst, Leev un Hartenswehdaag – se hett nich mal ahnt, dat et sowat geven deit. Se is so fien, hett de König seggt, dat weer ja ehr Dood, wenn se vun allens wat weeten dä, wat in'e Welt passert. Dat Leven schull man an ehr vörbigahn as en feine Droom, hett he meent, dat de wille Weltenloop ehr nich faat kriggt un oeversluckt. Un he hett ehr achternakeken, wieldes se vörbigahn is in en purpurklörige Kleed, rosa Rosen in't Haar, an ehr Siet junge Prinzen un de gollne Sünnschirm oever ehr Kopp.

Um he denn meent, he kann dat Schicksal dwingen, hett de Königin sik mal vörsichtig ünnerstahn un fragen ehr Mann. Elkeen Minsch mutt sin eegne Padd gahn, un elkeen Minsch geiht de Dood in'e Mööt, hett se meent. Man de König hett vergrellt antert, he hett de Macht, un de will he uck bruken för un holen allens Leege vun sin Dochter ehr Levensweg af.

Do is dat een Dag mal glöhnig hitt. Noch nie nich is dat so warm we'n. Dat Slott up'e Barg is as en Backaben: De Sünn brennt so dull, de Finsterruten sprecken un de Fisch in'e Dieken blieven doot vun de Hitten un drieven mit'e Buuk na baven up't Water.

De König lett anspannen un en Kutsch vörfahren, un dar fahrt de Königin mit vun'e Barg dal. Ehr Weg geiht dör en grote Holt, oever Stieg'en, de mit Moss bewussen sünd, un an ploetern Beken lang, 'nem knapp Sünnenlicht up fallt dör dat dichte Bläderdack. Darachter kümmt en ganz lütte Kutsch, vun binnen mit Sied utslaan un mit veer stevige, lütte Perde vör, dar sitt de Königsdochter in, se maakt mit ehr Mudder en Fahrt dör't Holt. En Deener hollt ehr meisttieds de Sünnschirm oever de Kopp, un de fievunföftig Bimmeln klingen sülverhell, wieldes de Perde mit sachte Hoofslag de Kutsch gau vörwarts trecken.

Dat Holt is groot – in dat Holt is't köhlig ... Man um de Middagstied is dat dar uck brottig hitt. Düüstere Wulken trecken sik tosamen, kamen gau neeger – en Storm brickt los un raast dör dat Holt. Ünner de Gewalt vun'e Orkaan warrn ut'e Beken rieten Strööm, un dar, 'nem se's Water tohopenlöppt, slaan se en Brügg in Stücken. Un uck bi de König kümmt de Watergewalt un haut allens to Gruus un Muus. De Minschen drieven mit, een hört jüst noch se's Jammern – denn ward allens still in dat grote Holt. Blots de Larm vun de Storm huult noch – un een kann dat Water gluckern hören, as de Wind afflaut. De Königsdochter is bi dat Unwedder fasthaakt an en grote Telgen, de hett de Storm vun en Boomstamm afbraken. Gau drifft se af, de lütte Hänne fast um'e knastige Telgen klammert ... Man se schriet nich, se duukt sik nich vör de Oevermacht, se sitt liek up un dal.

Se is en Königskind, un darum hett se de Kraasch un kieken de Gefahr in'e Mööt un kniepen de Ogen nich dicht ... Ümmer wieder un wieder drifft se af, un upletzt kümmt se in en breede Stroom, de ploetert arig wat ruhiger wieder un nimmt ehr mit, Stunnen wied. Denn upletzt klemmt de Telgen sik fast mang Drievholt un Steens, ward mittrocken in en Küßel un kümmt denn to Ruh an't Över vun dat breede Water, in'e Schatten vun en grote Ahrnboom.

De Königsdochter kriggt wedder frische Moot un krabbelt oever de Telgens an Land. Dar sett se sik dal in de warme Sünnschien un droögt ehr feine Kleed, dat hängt nu plünnig an ehr dal, un ehr root-siedene Schoh mit de feine demanten Spangen hängt se an'e Boom to drögen. Dat eerste Mal in ehr Leven mutt de Königsdochter sülven ehr fiene Hänne roegen. Se grippt na ehr Sünnschirm, de hett sik in'e Telgens verfungen. Se will 'n upspannen, man süh, dat geiht nich mehr, un de Bimmeln woe'n nich mehr klingen. Do ward se blarrn, denn dat geiht ehr bannig an't Hart, un dar kriggt se rein en Düsel vun: Allens fangt an un dreiht sik um ehr, un dat se jo nich fallt, hollt se sik fast an'e Ahrnboom. Man denn fallt se in Amidaam.

* * *

Pagel is mit Hipp, sin lütte Esel, up'e Weg ut'e Stadt na Huus. Gau geiht dat nich, denn Pagel driggt en Büdel vull Geld, un Hipp slept twee Ballen Waar, en Telt un denn uck noch wat to eten un Fudder för Hipp. Dat ward al schummern un Pagel is möö'. Güstern weer dat so'n Schietwedder, do hett he nich af-ste' kunnt, un vundaag puust' een vör Hitten, man nu, hen to Avend, kümmt dar en frische, köhlige Bries vun See her. Pagel ward de hoge Ahrnboom wies, un foorts is sin Plaan klaar, dar will he sin Lager upslaan för de Nacht.

Wieldes he dat hild hett un richten sik in för de Nacht, süht he an'e Grund wat liggen, süht ganz ge-diegen ut. In een Ogenplink is he dar un steiht as fastnagelt: Dat is ja en Minsch! En Deern … en dode Deern! Man nee, so leeg is dat to'n Glück noch nich – se atent noch – se levt! Vörsichtig driggt Pagel de Deern rin in sin Telt. Dat duert nich lang', do sleit se de Ogen up, un as se en Botterbrood vör sik liggen süht, nimmt se dat un itt. Dat is en Stück Brood be-leggt mit magere Speck – un to drinken kriggt se dar Water to in en tinnerne Kumm. Wo jieperig griepen ehr lütte Hänne to, o, wat smeckt dat fein! Dat smeckt noch vel feiner as up't Slott de Taart un de

Schokolaa. Un denn fangt se an un snackt, man de Spraak kann Pagel nich verstahn; aver so vel kriggt he dar doch vun mit, se lengt na Huus.

Ja, nickt he fründlich un wiest na de ünnergahn Sünn, de neegste Dag woe'n se wiederreisen. Un denn fallt de Königsdochter in Slaap in Wever Pagel sin Telt mit en groffe Linnensack as Lager un en anner Bünnel as Koppküssen, utspreed't up'e fuchtige Grund ünner de ole Ahrnboom. De neegste Dag driggt Hipp denn en snaaksche Fracht: an de eene Siet en Ballen, vullproppt mit Waren, un up'e anner Siet schaukelt de Königsdochter in en Sack. Pagel mutt dar rein oever lachen. Wat Leevke dar woll to seggt! Se kamen gau vöran, denn Hipp ward guut anpurrt, un dat Deert rüükt uck bi lütten de Stall. Ünnerwegens söcht Pagel wecke wille Eerdber'n för de Deern, un tweemal haalt he bi de Buern Melk för ehr. Upletzt süht he sin Kaat mang de hoge Böme schemern, de is heel mit Moss bewussen, un wille Rosen ranken bet oever dat Dack.

Al vun wieden röppt he na Leevke, sin Fruu, se schall kamen un em gau mal helpen. Un Leevke smitt in'e Iel ehr Tüffeln weg un kümmt up Strümpsocken anlapen. Do süht se de fiene Kopp vun en lütte Deern ut'e groffe Sack rutkieken. Wat he nu denn wedder mitbröcht hett, hachpacht se, he maakt ehr dat bald to bunt.

Pagel knööpt de Ballen los un wickelt de lütte Königsdochter ut de Packen ole Jacken un Deken ut, 'nem he ehr mit instoppt hett, denn se hett ja meist keen Tüüg mehr an't Liev, un blote Fööt het se uck. Anners lett Leevke ehr Tung ja frie Loop, aver nu blifft ehr rein de Spraak weg. Man denn kriggt se

Mitleed mit dat lütte Worm, dat up so'n snaaksche Aart un Wies Intogg holen deit. Se nimmt et up'e Arm un drückt et en Söten up'e Vörkopp. Wokeen se is un wonem se herkamen deit, kann ehr eendoont we'n, man se freut sik to de Deern, seggt se un geiht mit ehr in't Huus.

De Deern ward wuschen, un weeke Binnen mit Salv warrn up ehr upretene Fööt leggt, un se kriggt en feine Nachthemd an un en rode Schaal um'e Hals. Un upletzt fallt se in Slaap in dat frömde Huus in't Holt, in de lütte Kaat vun Pagel, de Wever, un sin Fruu Leevke.

Dat duert en gude Wuch, denn sünd ehr Fööt heel, un se vertellt – dat heet, sowiet as Pagel un Leevke dat verstahn koenen –, dat se en Königsdochter is, un ehr Vadder is en König un se wahnen in en Slott. Pagel un Leevke woe'n dat nich recht gloven; se is nich anners as anner Deerns, un feine Tüüg hett se ja uck nich an, se hett nich mal en Kroon up'e Kopp un keen Ring an'e Finger! Man een Deel lett se vermoden, de Deern kunn doch vellicht vun Königs afstammen, un dat is de dare Sünnschirm. Dat is doch woll en apattige Schirm, so smuck un vörnehm, as se noch nie nich een sehn hebben. Un Leevke haalt de Schirm vun'e Bleek, 'nem 'n stahn hett to drögen, wickelt 'n in Siedenpapier un leggt 'n weg in't Schapp, denn – so oeverleggt Leevke bi sik – de hört doch woll vörnehme Minschen to un is tominnst en Wink, wonem se henhören deit. Pagel seggt nich vel; he schrifft allens, wat de Deern vertellt, in sin Notizbook un kümmt upletzt to de Insicht, düsse Winter warrn dar dree um'e Heerd sitten, un darum moeten de Broodschieven sachs wat dünner we'n.

As dat Harvst wurrn is, geiht he wedder na de grote Stadt, dat he dar sin frisch wevte Tüüg an'e Mann bringt, man so vel he uck nafragen deit, keeneen hett wat hört vun en Königsdochter, de to Sööks is, un do hollt he toletzt up mit Fragen, denn de Lüüd fangen an un lachen em wat ut, un do föhlt he sik up'e Slips pedd't. To Anfang quarkt Pierken[1] – sodennig nömen se de Deern – do quarkt se af un to, se will na Huus, ja, tweemal löppt se sogar heemlich weg un biestert in't Holt rum. Un se lett uck woll mal ehr Avendbrood stahn, dat will ehr nich recht smecken. Man up'e Duer wennt een sik an allens, un se kann sik ümmer beter mit ehr Schicksal affinnen. Wat freut se sik, as Leevke ehr ut en ole Ünnerrock en Kleed maakt hett! Un as Pagel ehr mal en junge Katteeker mitbringt, do is se rein ut'e Tüüt un quarkt nich mehr vun wegen weggahn.

Noch eenmal, ehrer de Winter kümmt, maakt Pagel en Reis na de Stadt, un he kann dat ünnerwegens nich nalaten un fragen links un rechts na, wonem sin Finnelkind herkamen mag. Man Leevke wünscht sik, dat al sin Ünnersöken vergevs we'n schall un dat keeneen kümmt un föddert se's Plegkind t'rügg, denn se hebben Pierken nu all beid so leev, as weer dat se's eegne Kind. Un bi lütten vergitt de Königsdochter denn uck, dat se mal en Königsdochter we'n is, un toletzt weet se't nich beter, as dat se is de Dochter vun Pagel un Leevke.

As Pagel vun sin Harvstreis t'rüggkümmt, is he fein toweg', denn he hett noch nie nich so vel Geld kregen för sin wevte Deken. De Minschen moegen se so geern lieden, dat se knapp mal fragen, wat se kosten,

---

[1] Eigentlich Kosename für junge Gans oder Ente (Kindersprache)

se betahlen Pagel eenfach de Pries, de he verlangt. Un wonem kümmt dat vun? Dat kümmt darvun, dat Pierken de Klören för em utsöcht, denn se arbeid't al mit för un verdeenen de Kost. Mang all de Deken is een, dar is en afsünnerliche grote blaue Bloom inwevt, un vun dat Munster verköfft he an meisten, un dar warrn en Barg vun nabestellt, un Pagel freut sik, he hett de heele Winter nugg to doon.

Un de Jahren gahn vörbi, un Pierken wasst ran to en junge Deern un steiht merrn in't Leven. As Leevke mal krank is un wuchenlang in't Bett blieven mutt, deit Pierken allens, wat dar anliggen deit. Un as Pagel en Tied later en Been braken hett, mutt se merrn in'e Winter alleen mit Hipp to Stadt un verkopen de wevte Deken, un se hebben dat in de dare Winter so knapp, dat dat to Middag nix gifft as dröge Kartüffeln. Man een Glück, darna kamen betere Tieden, un dar blifft sogar Geld na för en nüe Kleed för dat Plegkind. Dat is en Kleed vun witte Wull, un se bestickt dat sülven; wuchenlang hett se dar mit to doon. Man denn is dat uck en Prachtstück vun Kleed!

Een Dag in'e Harvst kriggt Pagel Bescheed vun en vörnehme Herr, de hett vör un kamen un jagen in dat Holt un will geern bi se loscheern. Pagel is dar wat toegerig bi, man Leevke, plietsch as ümmer, seggt, he un se un Pierken koenen man solang' in se's Telt in't Holt wahnen, denn is dat Huus frie för de Herr. Sodennig ward dat denn maakt. Dat Huus ward fein reinmaakt un allens t'rechtsett för de Gast, un denn trecken de dree in dat lütte Huus vun Seildook. En paar Daag darna hören se upmal Perde wrinschen un Trumpetten blasen; Lachen un Groehlen kamen ümmer neeger, un denn sehn se en vör-

nehme Sellschop anholen up se's Grund, allens ste-
vige Lüüd, antrocken in Sied un Gold, un achter se
kamen noch de Jägers un Drievers. Leevke un Pier-
ken luern mal um'e Eck, ahn dat jichens een se wies
ward. Dar is een junge Mann bi, dar mutt Pierken
ümmer wedder na henkieken. He is man eenfach
kleed't un hett gar keen Gold an sik, man liekers –
se kann dar nix bi maken – se kann ehr Ogen nich
afwennen vun em. Leevke ward dat wies, un se
süüfzt. Ehr leeve Deern is nu groot wurrn, un – wo-
keen harr't dacht – duukt dar nich foorts en Jung-
keerl up, de ehr mitnimmt! Wenn se dar an denkt,
kamen ehr rein de Tranen.

An'e Avend geiht Pierken mit de junge Mann spa-
zeern. He hett so'n feine Aart un Wies, dat ehr Hart
sik vör em updeit as en Bloom. Un dar kamen mehr
so'n Avenden ... un denn gifft he ehr en Ring ... un
liekers dat man en ganz dünne un gewöhliche Ring
is, Pierken driggt 'n, as wenn dat en heel kostbare
Stück is, de is ja vun em!

Un se schenkt em en smucke Taschendook, bestickt
mit de grote, blaue Bloom, dat Bild, wat Pagel in sin
Deken wevt un wat se em lehrt hett. Oever dat Ge-
schenk freut de junge Mann sik düchtig, un dankbar
stickt he dat Dook in'e Tasch. Wenn dat Fröhjahr
kümmt un de Amsel singt, denn will he kamen un
ehr halen, denn woe'n se Hochtied maken, seggt he
un drückt ehr en Söten up ehr blonne Haar. Man
wat denn ut Vadder un Mudder warrn schall, fraagt
Pierken. De kamen mit, seggt he, de finnen denn uck
se's Tohuus bi em. Mit de dare Verklaren is Pierken
tofreden, denn se kann de beiden nu mal nich
missen. –

Dat Holt hett sin smuckste Kleed antrocken, all de Böme stahn in Blööt, de Vageln singen – do kümmt de junge Mann to Foot na dat Huus vun Pagel un Leevke, he will sin Bruut halen. Dat is Pagel nich so recht na de Mütz, dat de Herr to Foot kamen is; weer dat an so'n Dag nu nich vel schöner we'n, wenn he bi sin Bruut mit en Waag ankamen weer? En beten vergrellt spannt he Hipp vör en Kaar un laad't dar all dat up, wat Pierken mithebben schall. En Kleederkist mit ehr Tüüg, wecke Stücken Geschirr, en Dek, de Pierken sülven wevt hett, un noch anners wecke Kraamstücken.

Vörweg geiht dat junge Bruutpaar, Pagel hett Hipp faat, un Leevke löppt achter de Kaar mit de tamme Kreih op'e Schuller, 'nem Pierken so vel vun holen deit, un en Judenbaart (so'n Aart Hängeplant mit lange, dünne, dalhängen Ranken) un en Ampelbloom[1] in en ole Ammer an'e Arm. Mit to Hochtied fiern gahn se nu woll, mummelt Pagel, man bi de Swiegersoehn intrecken? Do kunn he sik wat Beters denken. Dat schall dar sachs nich jüst rieklich togahn; to Huus dücht Pagel dat denn doch beter. Leevke snackt ünnerwegens nich vel; se löppt achter de Kaar ran, man se denkt dar jüst so oever. Harr Pierken doch man en paar Jahr töövt; vellicht weer dar denn noch mal en rieke Herr kamen för un heiraden ehr. Nu hett se de Schangs verpasst un ehr Hart an en Herrenknecht verlaren. Se ward ehr Leven lang nich recht wat in'e Melk to krömen hebben!

Se sünd al meist en Stunn lapen, do kamen se bi en Huus mit en grote Schüün. De Dören warrn up-

---

[1] Fuchsie

maakt, un do kümmt dar en feine Kutsch rut mit en prachtvulle Spann Perde vör un mit en Kutscher up'e Buck, heel in Gold kleed't. Gegen de dare Staat fallt de Brüdigam, de ja gar nich upfällig kleed't is, ganz af. Dat geiht Pierken uck dör de Kopp, man se tröst't sik darmit, ehr Hart hett em utsöcht, un denn mutt dat richtig we'n ... De Brüdigam geiht hen na de Kutscher un fraagt, um se mitfahren koenen. De kickt em vun baven bet nedden an, denn nickkoppt he, dat he inverstahn is, man dat süht dar nich ut na, dat et vun Harten kümmt. Dat markt Pagel uck, denn he kickt vundaag mit heel scharpe Ogen!

Se schoe'n man instiegen, seggt de Kutscher, dat is en Waag vun sin Herr. Pierken is foorts praat. Se stiggt in, as wenn se elkeen Dag in so'n Kutsch fahren deit. Mit grote Wedderwillen sett Leevke sik uck rin in'e Kutsch; se mutt Pagel t'rügglaten, he mutt ja mit Hipp un de Kaar achterherkamen. Wat fahrt sik dat fein in'e dare Kutsch! Up'e Bänk liggen siedene Küssens, up'e Footborm liggt en Sammtdek, un an de Boehn hängt en Lamp vun Speegelglas. Pierken kickt Sigurd – so heet de Brüdigam – mal an un fluustert em to, mit so'n Kutsch se beid mal en Wuch up'e Reis, dat weer mal fein! – Sin Herr is sachs riek, nimmt se an, fraagt Leevke in'e Maneer vun Fruunslüüd, de up plietsche Aart wat rutkriegen woe'n. De mit so'n Fahrtüüg up'e Straat kümmt, de mutt ja Geld hebben, meent se. Ja, dat stimmt, seggt Sigurd, he is guut stellt.

Warum he se denn nich mit dat Fahrtüüg vun to Huus afhaalt hett, fraagt Leevke wieder. Dar stickt wat achter, wat Leevke nich begrippt, un Leevke hett en fiene Näs, so as Pagel dat kennt vun sin Fruu. Wodennig de Kutscher denn in't Holt mit dat

Veerspann um'e Ecken kamen schall, fraagt Sigurd dargegen. Dar is wat an, dat mutt Leevke togeven.

As se en beten fahrt sünd, kamen se an en Brügg. Dar is dat witt: Vun de dare Brügg weg löppt en lange Allee vun Haadoorns in vulle Blööt. Un wat de rüken! Och ja, dat Fröhjahr is in't Land … Un achter de lütte Allee wiest sik en lütte Huus, dat liggt dar heel nüdlich. Dat is se's, seggt Sigurd, dar schoe'n se heiraden un för't eerste se's Telten upslaan.

Un sodennig schüht dat uck. As se utstiegen, steiht dar al de Börgermeister mit Tügen praat, un as Pagel uck dar is, warrn se tohopengeven. Un arm, as de beiden sünd, koenen se sik ja nix geven, un do geven se sik blots en Söten, un de Vageln singen darto, un all de Blöme in'e Gaarn doon allens, wat se koenen, dat se so fein rüken, as dat man geiht. Un Pagel un Leevke gahn, na dat se fein to Middag eten hebben, wedder na Huus. Un as se to Huus sünd, kriegen se eerstmal dat Blarrn.

Sigurd un Pierken sünd so glücklich in se's lütte Huus, se vergeten rein de Tied. De Daag fleegen man so hen. Man een Dag seggt he, em dücht, se moeten nu mal up Reisen gahn. Se schall ehr Hochtiedskleed antrecken, seggt he, un dar ehr roodsammtene Mütz to upsetten – so mag he ehr an leevsten lieden. – Um he keen Lust mehr hett un blieven dar, fraagt se un kickt em deep in'e Ogen. Nee, seggt he, he will nu mal annerwegens hen. Wedder an'e Arbeit … Geld verdeenen. Pierken süüfzt. Dar hett se noch gar nich wedder an dacht, seggt se. De gude Daag sünd vörbi, de Arbeitstied hett wedder anfungen, hett Vadder Pagel seggt. Na ja, wenn't denn uck wedder an't Wurachen geiht, tosamen ward se dat nich swaar fallen, un se will Sigurd helpen, all wat se kann.

De Daag vörher is Sigurd ümmer elkeen Morrn na sin Herr gahn, un he is blots middags to Huus bleven, man nu, vundaag, blifft he de heele Dag bi ehr. Dat is en Festdag! He hett en Kranz vun Rosen bunnen un ehr de up't Haar drückt. Dat is jüst so, as schull dar wat heel Feines passeern, seggt se un kickt em mit en Smuustergrienen an. Um et denn noch schöner we'n kann, seggt he, un tosamen gahn se na binnen.

De neegste Dag maken se sik up'e Reis, un dat to Foot. Wenn de Padd oever Steens geiht oder oever unevene Grund, denn driggt he ehr; denn sleit se de Arms um sin Nack, un sodennig hebben se vel Vergnögen, wenn se denn uck arm sünd un sin Geldbüdel so platt is as en Bütt. Pierken schuult dar mal na hen; de Büdel hängt slapp an sin ledderne Lievreem. Um he meent, he hett nugg un betahlen för se's Ünnerkamen för de Nacht, fraagt se, as wied vörut en Stadt to sehn is. Dar moeten se hen, seggt he. Dar ward en Fest fiert, un se kamen noch jüst to rechte Tied, dat se dar noch wat vun mitkriegen.

Vun all de Toorns weih'n de Fahnen, un de Klang vun lustige Musik is to hören. Pierken ward en feine Waag wies, de süht jüst so ut as de Kutsch an se's Hochtiedsdag. Um se vellicht wedder en Stück mitfahren will, fraagt Sigurd un lacht. Wiss doch, seggt se. Denn schall se man instiegen, seggt he, as de Waag upmal blangen se anholen hett. Pierken deit dat nich ungeern. Sigurd is düchtig stolt, dat de dare Fruu sin is. Se kickt de Kutscher knapp an.

Se wull, se harrn so'n Waag, seggt Pierken, un de Wunsch kümmt ut'e Grund vun ehr Hart, un wenn Sigurd up'e Waag denn uck wieder nix weer as

Kutscher. De Kutsch mit de feine Schimmeln vör fahrt na de Stadt to. Se kamen an en Barg Minschen vörbi, all in Schapptüüg un mit Blöme in't Haar oder in'e Hand up'e Weg to Stadt. Wat dar denn los is, fraagt Sigurd de Kutscher, dat süht ja allens so festlich ut.

De König sin Soehn heiraad't vundaag, antert de Kutscher. He wunnert sik, dat se sowat nich weeten – wonem se denn herkamen, fraagt he wat vergrellt. Un denn treckt he de Toegels stramm. Dar moeten se utstiegen, seggt he, wieder kann he se nich mitnehmen, he mutt nu de eerste Kock afhalen, de mutt dat Avendeten för't Slott t'rechtmaken. Sigurd nimmt sin Geldbüdel un gifft de Mann en Drinkgeld. De Kutscher smuustert. En knickerige Keerl, denkt he. Man dat dare Fruunsminsch – ehr wull he woll ganz för umsunst dör't heele Königriek fahren!

Langsam gahn se dör de fein rutputzte Stadt un kamen toletzt na en grote, witte Slott. Um dar vellicht sin Herr wahnen deit, fraagt Pierken un kickt sik um. Dat schient, as wenn se sik gar nich wunnert, dat is ehr, as harr se so'n Slott al fröher mal sehn. Ja, seggt he, wat se darto seggen deit. Un in sin feine, helle Ogen süht se heel fiene lütte Steerns schemern.

Pierken kickt an sik dal un munstert ehr wittwullene Kleed, ehr sülvstknütt'e Strümp un eenfache Schoh ahn Snallen un Sleufen. Un denn kickt se wedder hooch na Sigurd, ehr grote, starke Mann. Se warrn se dar sachs utlachen, meent se, wenn he dar mit ehr an'e Arm ringeiht. Um he ehr uck noch lieden mag, fraagt se un leggt ehr Kopp an sin starke Bost. Se schall man driest mitgahn, seggt he, un wat uck passeert, se schall man nich bang' we'n. Keeneen ward dat wagen un seggen wat oever ehr, seggt he mit ruhige Stimm un nimmt ehr bi de Hand. Un se gahn tosamen dör lange Gänge, de up wedder anner Gänge utlopen, un ümmer ward allens um se rum vörnehmer un smucker, un toletzt kamen se vör en hoge Dör. Dar stahn woll en tein Lakaien un verdrieven sik de Tied mit Nixdoon, man keen vun se roegt uck man en lütte Finger, as Sigurd un Pierken neeger kamen. Se stahn dar, as weern se ut Steen.

Um se uck bang' is, fraagt he ehr. Woso se bang' we'n schull, wenn he bi ehr is, seggt se. Mit wat för'n anbarene Stolt se dat seggen deit!

Een grippt na de Dörknoop – un de Dören gahn up, wied up, as wullen se se inladen, un se gahn dör en prachtvulle Saal, 'nem en Barg festlich antrockene Lüüd tohopen sünd, up en gollne Thron to, 'nem en ole Mann up sitt, en König, mit en gollne Kroon up'e Kopp, mit en witte Baart woll en El lang, un mit en Mantel an ut rode Sammt, bestickt mit gollne Blöme. Sigurd föhlt Pierken ehr Hand in sin bevern; dat maakt doch allens grote Indruck up ehr, dat Hart kloppt ehr bet in'e Hals.

„Min Fruu, o König!" seggt Sigurd, as de Larm verstummt is, un dat schient, as holen de Lüüd de Aten an. Un de König steiht up vun sin Platz un nimmt Pierken bi de Hand un nödigt ehr dal up en gollne Stohl blangen em. Sigurd sett sik up'e anner Siet vun'e König dal. De vörnehme Lüüd, de al so faken hebben vertellen hört, de Kroonprinz hett sik in en Arme-Lüüds-Deern verkeken, de sehn nu mit eegne Ogen, dat is wahr. Dar sitt se! Se hett en eenfache witt-wullene Kleed an; up ehr blonne Locken sitt en simple Mütz vun rode Sammt. Un de dare Deern schall mal Königin warrn! Königin! – „Se sitt dar, as wenn se 't al jahrelang is", seggt en ole Hoffmann un grient. Un kiek, dar wunnern se sik all oever, sogar de König un sin Soehn: Pierken deit allens so ruhig, as wenn sik dat vun sülven versteiht. De Ogen vun all de Minschen, de ehr vull Nieschier ankieken un mit Afgunst beluern, koenen Pierken nich vun ehr Stück bringen. Se hett sik so echt königlich, keen Königin harr dat beter maken kunnt.

Sigurd kann sik toletzt nich mehr betähmen. Um se dat woll dacht harr, fraagt he ehr, dat se en Königssoehn heiraden schull. Dat hett se al dröömt, lang' ehrer se em kennenlehrt hett, seggt Pierken mit ruhige Stimm. Ehr is gar nich snaaksch tomoot, dat is, as wenn ehr dat allens nich nü is; se föhlt sik woll in düsse Welt, ehr dücht rein, se hört darto. Man dat seggt se nich luut, nich mal to Sigurd.

Se is to Königin baren. Un dat as Weversdochter. Dat is rein en Wunner. Sodennig snacken de Lüüd. Un de König is sodennig vun ehr innahmen, he lett ehr in Brokat kleeden, un in't Haar hett se nu Parlenkeden, de sünd so düer, vun een so'n Parl harrn Pagel un Leevke sachs en ganze Jahr leven kunnt!

En paar Daag later gahn se tosamen buten spazeern, de König, de Kroonprinz un Pierken, un wiel dat so warm is, hollt en Kamerdeener en gollne Sünnschirm mit en Barg lütte Bimmeln an oever Pierken ehr Kopp. „Klingeling!" geiht dat, ümmerlos: „Klingeling! Klingeling!" – „Och, min Sünnschirm! Min ole Sünnschirm!", röppt Pierken, un denn beswiemt se in Sigurd sin Arms. De König is vergrellt. Dat kümmt dar nu vun, schimpt he, dat Kind ward togrunn richt't. Un he schickt se all weg bet up Sigurd un de Kamerdeener, un he lett de Vörkopp vun'e Kranke mit kole Umslääg behanneln. As se wedder to sik kamen is, sleit he sin Mantel um ehr un driggt ehr na binnen. Denn de König hett ehr nu so leev, as weer dat sin eegne Kind.

An desülve Avend sitten de dree in en feine, köhlige Kamer; do kümmt dar een rin un seggt Bescheed, Pagel un Leevke sünd na't Slott kamen un töven in'e Gang. Se hebben hört, Pierken is krank, un do hebben se to Huus keen Ruh un Duld mehr hatt. Un as Pierken se rinkamen lett, sünd se vull vun wedderstriedige Geföhlen. Pierken krank! Pierken en … Königsdochter! Denn kriggt wedder de Freud Boeverhand, un denn sliekert sik Truer in se's Harten; se's Geföhlen gahn up un dal as de Swengel vun en Klock, ja, noch vel unruhiger!

As se sik vun de Schreck wedder kamen sünd un se truun sik un kieken sik um, fraagt Sigurd, um se uck wat weeten vun en Sünnschirm, de hett Pierken so vun'e Fööt bröcht. Na süh, röppt Leevke, nu freut se sik doch, dat se 'n upwahrt hett. Un wonem 'n denn is, fraagt Sigurd wedder. Dat dücht em gediegen, dat se em dar nix vun seggt hebben, un he kickt rein en beten suur.

Leevke argert sik oever sin Wöör. Dar hebben se ja gar keen Gelegenheit to hatt, seggt se. He is ümmer so t'rügghöllern un verslaten we'n, se hebben ja nich mal weeten durft, wokeen sin Herr is, un do hett se to Pagel seggt, denn geiht em dat uck nix an, dat Pierken man annahmen is un nich se's richtige Dochter. Dat koenen se em sachs later noch mal vertellen, hett se meent. Man in Pierken ehr Kleederkist finnt he allens, uck de Sünnschirm un wat Pagel dar oever upschreven hett. De König beruhigt ehr: Wat uck passeern mag, seggt he, se beiden gellen as Vadder un Mudder vun se's Königsdochter un warrn uck so acht't un ehrt.

Un Pagel un Leevke gahn wedder na Huus, man och je, se's Harten blieven in dat grote Slott, bi Pierken. Wodennig schall de dare Geschicht noch mal to Enne gahn? Wat för'n Sloetel lett dat Slott upspringen?

De König les't de Breef woll teinmal, de Pagel bi de Sünnschirm leggt hett. Dat is gediegen, seggt he. Sigurd seggt gar nix, he haalt dat Taschendook rut, dat Pierken stickt hett, un verglickt de Bloom mit de verschatene Blöme up'e Betreck vun de Sünnschirm. Dat is datsülve Bild, stellt he fast. Dat sünd de Wapenblöme vun de Königs vun't Süderriek!

Dree Daag later treckt en grote Flock Rieders up smucke, fürige Perde ut dat Door un sleit de Weg na Süden in. An'e Spitz vun'e Togg ritt Sigurd. Sin sülverne Harnisch glinstert in'e Sünn, un up sin Helm weih'n dree himmelblaue Fedderbüsche. Blangen em ritt sin Fahnendräger, un in sin Fahn prangt de grote, fremde Bloom vun Pierken, nu en Königsdochter. Wonem woe'n Sigurd un sin Riders hen? Pierken weet dat nich. Se winkt Sigurd ut dat Finster na, so lang' as se em noch sehn kann. Dat duert Wuchen, ehrer de Rieders t'rüggkamen. Un wokeen hebben se mit? En ole, stackelige Mann, de sitt in en Fahrtüüg, un sodennig bringen se em na dat Slott un na Pierken.

Se süht em neeger kamen ... Un mitmal ward se em kennen. „Gödeke!" röppt se, „o Gödeke, wonem kümmst du her?"

„Ut Ju's Land, Königsdochter Marie", antert he mit sin ole, beverige Stimm. Lang is se to Sööks we'n, seggt he, man nu ennelk wedderfunnen, un sogar wedder in en Slott. Un he hoegt sik bannig.

He is de eerste ut sin Land, de de Königsdochter weddersüht. Un na em kamen mehr, uck de Prinzen, ehr Vettern, de in de Tied, as se nich dar we'n is, dat Riek vun ehr Vadder oevernahmen un all de Jahren för ehr verwahrt hebben. Un keeneen hett dat waagt un maken se dat striedig, denn de up sowat harr bestahn wullt, weer in dat düüsterste Kaschott in't Land smeten wurrn. Gödeke hett vun Anfang an heemlich allens daan, wat he kunn, för un finnen wat rut oever de verswunnene Königsdochter, ahn dat dar en Verdacht up em fullen is. Och je, dat hett all nix hulpen. De Königsdochter weer weg un bleev weg …

Man nu endlich, oold wurrn un slecht to Beens, hett he dat grote Glück un sehn de Königsdochter vun sin Land wedder! Un denn in hoge Stand, wedder as Königsdochter! Dat duert nich mehr lang', un Prinzessin Marie is wedder in ehr ole Rechten insett. Un de gediegene Bloom, ehr Wapenbild, prangt up all Fahnen, Flaggen un Wimpeln un weiht vun all Toorns in't Land un vun all Hüser in Städer un Dörper.

Nu verstahn de König un Sigurd uck, warum se sick foorts so kommodig föhlt hett in ehr nüe Stand. Dat is bi ehr inwuddelt, wiederverarvt vun Vöröllern up Öllern.

Se hebben lang' un glücklich tohopen levt, Sigurd un Marie, un as de ole König dootbleven is, sünd se to König un Königin vun't Land utrapen wurrn. Un se hebben mit Klookheit un Verstand regeert, denn Königin Marie — se hett ja so lang' in Armoot levt — de hett ehr Hart upmaakt för all, de arm un swack sünd un Hülp bruken. Un in se's hoge Stand hebben se uck Pagel un Leevke nich vergeten. De beide Olen leven al lang' up't Olendeel, un to Sommertied trippelt Leevke achter en paar Königskinner ran, so as se fröher achter Pierken rantrippelt is. Un elkeen Sommer kriegen se Besöök vun de König un de Königin. De Kutsch mit dat Veerspann kann ja nich um'e Ecken kamen, darum gahn se dat letzte Stück ümmer to Foot.

Um he sik noch up domals besinnen kann, fraagt de Königin ehr Mann. Un sett darto, dar in se's lütte Huus an'e Bek sünd se doch noch an allerglücklichsten we'n, um em dat nich uck dücht. Man he seggt, se schall man nich an dat Glück denken, wat mal we'n is, se schall man tosehn un maken uck dat, wat noch kümmt, ehr eegen. Denn ward elkeen Dag, de dar kümmt, dat Glück mit ehr we'n.

De Knecht mit de snaaksche Naams

Dar is mal en Herr we'n, de hett in en grote Slott wahnt. Mal is een vun sin Knechten afgahn, un he will en anner een meeden, man dat schall en gediegene Keerl we'n, je verrückter je leever. Dar hebben sik al vel Knechten mellt, man de Herr hett noch keen funnen, de em na de Mütz weer. „All de Loperie hängt mi bi lütten ut'e Hals rut", seggt he upletzt to sin Brügguppasser. „De neegste, de mit mi snacken will, musst du fragen, wo he heet, un wenn he di gefallt, lettst du em dör. Gefallt he di nich, denn bring em wedder up'e Draff."

Ja, is guut.

De neegste Dag mellt sik wedder een, un de Brügguppasser fraagt: „Wo heetst du?" – „Iksülven" – „Iksülven? So'n Naam heff ik noch nie nich hört. Mi dücht, du büst en Spaaßmaker. Ik denk, de Herr ward di sachs nehmen."

He lett Iksülven rin un wiest em na de Kamer, 'nem he de Herr finnen kann. „Wo heetst du?" fraagt de. „De-Düvel-kann-dar-nich-bi", seggt he. „Dunnerslag!", seggt de Herr, „dat is en nüdliche Naam. Sodennig heet keen Düvel in de Höll. Jung, gah man na Koek un krieg wat to eten, un denn fraag foorts de Deerns, wat du doon kannst. De schoe'n di en beten Arbeit geven."

De nüe Knecht geiht na Koek. Up'e Del kümmt em de Herr sin Dochter in'e Mööt. „Büst du unse nüe Knecht?" fraagt se. „Ja, Jumfer, to Deensten", seggt he. – „Wo heetst du denn?" – „Ik heet De Kramp." – „De Kramp, De Kramp? Wat en Naam! Na, de warr ik sachs beholen."

In de Koek seggt he to de Deerns, he is de nüe Knecht, un he schall eerst wat to eten kriegen, un denn schoe'n se em wat Arbeit geven. „Na", seggt de Koeksch, „büst du hier in Deenst kamen? Wo heetst du denn?" – „Ik heet De Katt." De Deerns woe'n sik meist dootlachen oever de dare snaaksche Naam. Se setten de Knecht wat to eten vör, un he lett sik dat smecken. Denn geven se em en beten wat in'e Koek to doon. Hen to Betttied gahn de Deerns een na de anner na baven, man de Knecht blifft an'e Heerd sitten.

„Geihst du nich slapen?", fraagt de Koeksch; se is noch up. „Och nee", seggt he, „ik kann doch nich slapen. Ik bliev noch en beten sitten un warm mi." – „As du wullt", seggt de Deern, „man ik gah to Bett." Up'e Trepp kümmt ehr de Herr in'e Mööt, de geiht uck to Bett, un do seggt se to em: „Herr, De Katt sitt noch bi de Heerd." – „Och", seggt de Herr, „dar laat dat Beest man driest sitten."

As se in't Slott denn all inslapen sünd, geiht de Knecht – dat is en Spitzboov – stiekum rut ut'e Koek, sliekert sik up Tehnspitzen na baven un snoekert oeverall rum, um dat dar nich wat to klau'n gifft. In de Jumfer ehr Slaapkamer versöcht he un breken ehr Geldkist up. Vun de Larm ward se waak. Vull Bangen kickt se in de Kamer rum un ward foorts de nüe Knecht kennen, denn dat is helle Maandschien.

„Vadder!", röppt se, „Vadder! De Kramp, De Kramp!"

„Streck man din Beens ut", röppt ehr Vadder t'rügg, „denn gifft sik dat sachs!"

„Vadder! De Kramp is weg!" röppt de Deern wedder. De Spitzboov is mit ehr Geld un ehr Juweelen utneiht ut'e Kamer. „Sühst woll", seggt ehr Vadder,

„harrst du foorts din Beens utstreckt, denn harrst du mi nich waak maken bruukt."

De Knecht is wieldes de Trepp dalrönnt, hett dat Door upmaakt un will oever de Brügg lopen, do ward de Brügguppasser em wies. „Höh, Keerl", röppt he, „wo wullt du up dal merrn in'e Nacht?", un versparrt em de Weg. „Laat mi dör", röppt de anner, „oder ik smiet di in'e Graav!" Un he gifft de Brügguppasser en Schubbs, dat de vun de Brügg dalküselt in'e deepe Graav.

Wieldes is in't Slott allens in'e Beens kamen, un de Herr, blass vör Raasch, röppt, se schoen achter de Spitzboov ranlopen. He rennt ut dat Door rut, un up'e Brügg hört he sin Brügguppasser in't Water spaddeln. „Wokeen hett di denn in de Graav smeten?" fraagt de Herr. „Iksülven", seggt de Mann. „Denn seh man uck sülven to un kamen dar wedder rut", seggt de Herr. Se laten de Brügguppasser dar, 'nem he is, un lopen so gau, as se koenen, achter de Spitzboov ran. Un wenn se nich stahn bleven sünd, denn rönnen se noch.

Ool Böppe

Dar is mal en Diekgraaf we'n, de hett Paul heeten. De Lüüd sünd bang' we'n vör em, wiel dat he so groff un so rachgierig we'n is, se hebben em nich utstahn kunnt un hebben nix vun em holen. Un as he doot-bleven is un is in'e Kirch begraven wurrn, do hett he nachts keen Ruh finnen kunnt un hett in'e Kirch rumspökelt. Denn hebben de Lüüd seggt: „Ool Böppe" – dat is sin Ökelnaam we'n – „Ool Böppe is wedder dar. Pass up!" Keeneen hett sik denn in'e Kirch rintruut.

Man de Kröger vun dat Gasthuus bi de Kirch, de hett en Deenstdeern hatt, de is vör nix bang' we'n. Mal kamen dar dree Snieders un blieven dar Nacht, un as se dat Spektakel in'e Kirch hören, seggen se to ehr, wenn se sik würklich so vel truu'n deit, as ehr Herr dat seggt, denn schall se mal na de Kirch gahn un Ool Böppe dar henbringen in de Gaststuuv. Se kann sik dar en nüe Rock mit verdeenen.

Inverstahn, seggt Hanne (so heet de Deern). Se geiht, haalt dat Spöök un sett dat dal mang de Snie-ders. De weeten nu gar nich mehr 'nem hen vör Angst, un snacken de Deern to, se schall Ool Böppe doch man jo t'rüggbringen. Denn schall se as Extra-lohn uck noch en nüe Jack kriegen.

Un wedder geiht Hanne. Man as se dat Spöök achter de grote Graffsteen dalsetten will, kriggt Ool Böppe ehr faat, un wat se uck deit, se kann nich wedder los-kamen. Nu ward Hanne sik denn doch grugen un ward rein leeg topass. Se bedelt, Ool Böppe schall ehr doch loslaten, he schall ehr doch man jo loslaten, denn will se uck nie nich wedder so'n Spijöök mit em drieven.

Man he kriggt ehr noch faster faat, Hanne ward rein sweeten vör Angst. Se denkt al, se kümmt nie nich wedder frie, do seggt Ool Böppe mitmal, he lett ehr blots los, wenn se em toseggen deit, dat se vunnacht noch na de Seekant gahn will un dar dreemal fragen: „Hille Jansen, Hille Jansen, kannst du Diekgraaf Paul vergeven?" Dat will se woll doon, stoehnt Hanne, man dat is so'n wiede Weg, un dat duert nich mehr lang', denn is dat wedder Dag. He töövt up ehr, seggt Ool Böppe, un se kann ja düchtig lopen. Un denn is dat ja uck Vullmaand.

Do seggt Hanne nix mehr, se maakt sik foorts up'e Padd. Se löppt so gau, as se man kann, na de Seekant un bevert vör Upregen, as se an't Water steiht. Man se fraagt mit lude Stimm: „Hille Jansen, Hille Jansen, kannst du Diekgraaf Paul vergeven?"

Upletzt, as se dat drütte Mal rapen hett, do hört se de Stimm vun en Fruu ut't Water kamen, de seggt: „Wenn Gott em vergeven deit, denn vergev ik em uck." As Hanne denn wedder na de Kirch kümmt, fraagt Ool Böppe foorts, wat se seggt hett.

Se hett en Stimm seggen hört: „Ja, wenn Gott em vergeven deit, denn vergev ik em uck", seggt Hanne. Un um se denn nu frie is. Ja, seggt Ool Böppe, man se schall noch eenmal wedder dar henkamen, kort ehrer de Sünn upgeiht, denn will he ehr betahlen vör allens, wat se de Nacht för em daan hett. Un se mutt vör nix bang' we'n, dat seggt he ehr to.

Hanne geiht na de Kroog, de Snieders sünd al to Bett, un ehr Herr slöppt uck al. Man as dat meist hell ward, geiht Hanne dat drütte Mal in de dare Nacht na de Kirch. Do is Ool Böppe dar uck wedder, un he seggt, se schall na de ole Linn vör dat Diekgrafenhuus gahn un rechts vun de dicke Boomwuddel graven. Wat se dar finnen deit, dat hett em mal tohört, man nu is dat ehr.

Hanne deit, wat he seggt hett. Se geiht hen na de Stä', de ehr angeven is, un graavt dar un finnt en Kist mit Sülvergeld, de nimmt se mit na Huus. Un de neegste Dag maken de Snieders ehr en Rock un en Jack, so as se dat verspraken hebben.

Man na de dare Nacht hett keeneen Ool Böppe mehr in'e Kirch spökeln hört. He hett för ümmer Ruh funnen na allens, wat he verbraken harr.

De Jung mit de Adler

Dar is mal en Jäger we'n, wenn de up Jagd gahn is, denn hett he ümmer sin lütte Soehn mitnahmen. Wieldes de Vadder denn Hasen oder Repphöhner schaten hett, hett Jan sik, wenn he möö' wurrn is, ünner en grote Boom sett un sin Botterbroot upeten.

Een Dag hört he oever sin Kopp wat luud schrien un süht en junge Adler, de hett sik in'e Telgens vertüdelt. Jan hett Mitleed un deelt sin Botterbroot mit dat Deert. Un dat deit he vun do an elkeen Dag, un do wennt de Adler sik an em. Upletzt denkt he, he mutt de Vagel man friemaken. He maakt vörsichtig de Fööt ut'e Telgens los, un de Adler flüggt weg. Man dat Deert hängt sodennig an Jan, dat kümmt elkeen Dag t'rügg na em un flüggt denn oeverall mit hen.

En paar Jahr later kamen de Kosaken in't Land, un se kamen uck na dat Dörp, 'nem Jan wahnt. Sin Vadder un Mudder warrn up allerlei Aart plaagt: Allens, wat Jan sin Vadder schöten deit, eten se up! Un as he sik beklaagt, se maken em bedelarm, do verhau'n se Jan sin Mudder, as sin Vadder up Jagd is. Man upletzt vertrecken se sik doch. Un do denkt Jan, he will se dat t'rüggbetahlen. As de Perde upsadelt warrn, nimmt he en Steen un smitt darmit, un een vun de Deerten fallt doot um. Dat maakt de Kosaken ja nu füünsch. Se denn uck achter Jan ran, kriegen em faat, binnen em up en Perd un nehmen em mit na Moskau.

Dar dwingen se em, dat he in Deenst geiht, un do ward he Kosak. Natürlich beholen se em streng in't Oog, denn se sünd ja bang', he knippt se ut.

As se een Dag utreden sünd, ward Jan oever sik en grote Vagel wies. Un as he nipp henkickt, do süht he, dat is sin Adler. De hett em söcht un upletzt in Russland wedderfunnen. Dat bringt em up en Idee. He will natürlich nix leever as na Huus torügg, un nu denkt he, dat kunn wat warrn. Un do vertellt he elkeen, de dat hören will, he kann vun'e Toorn springen, ahn dat he to Schaden kümmt. De dare Snack kümmt upletzt uck de Kaiser to Ohren. De will dat geern mal sehn. Do mutt Jan henkamen na de Kaiser, un de verspricht em en Barg Geld, wenn he dat dare Kunststück utöövt.

Guut, seggt Jan, man ünner een Bedingen: He will dat Geld vörweg hebben. Dar is de Kaiser mit inverstahn, un Jan kriggt dat Geld. Denn ward he rupbröcht up'e Spitz vun'e Toorn vun Moskau. Un oeverall warrn Suldaten upstellt, dat he se nich heemlich utneih'n kann. De heele Platz vör de Kirch steiht vull mit Minschen, man Jan blifft up'e Toorn ruhig sitten un luert sik dat af. Dat duert uck nich lang', do süht he in'e Luft en swatte Punkt, de kümmt neeger un neeger. Dat is sin leeve Adler. De sett sik blangen Jan dal, he klarrt vörsichtig up'e Adler sin Rügg, un denn fleegen se mitn'anner weg. As de Kaiser dat wies ward, lett he mit Gewehren un Kanonen na Jan schöten. Man de Wapen drägen nich so wiet, un Jan passeert nix.

Sodennig fleegen se wieder, bet de Adler upletzt dalgeiht up'e Schosteen vun dat Huus, 'nem Jan sin Öllern wahnen. He kickt dar dör un süht, sin Vadder sitt trurig an'e Disch, un sin Mudder kann de Tranen nich t'rüggholen. Upmal röppt he: „Vadder, Mudder, dar bün ik wedder!" Un to se's grote Freud hebben se se's Soehn heel un gesund wedder. Dat Geld, wat he vun'e Kaiser kregen hett, hett he in'e Tasch. Un do sünd se rieke Lüüd.

De Magneetbarg

Dar is mal en König we'n in en Land in't Süden, de hett ümmer grote Lust hatt to de Seefahrt un is heel verrückt we'n na Schep. En Kriegsflott holen, dat hett he eegens gar nich nödig hatt, denn he hett so'n grote Riek hatt, dat sik keeneen truut hett un griepen em an, un sülven is he dar uck nich up ut we'n un winnen sik noch Land darto. Man liekers hett he föftig Kriegsschep buun laten, all vun Holt, so as dat fröher begäng' weer, un en heel grote Jacht, 'nem he faken mit rutfahrt is. Mitünner hett he darbi en beten angeven wullt. Denn sünd de föftig Kriegsschepen dar ümmer umrum swarmt as de Mücken, man he is uck woll mal alleen mit de Jacht losseilt.

As dat een Dag feine Wedder is, seggt he to de Kaptein vun de Jacht: „Wi fahren. Laa' man gau wat Proverjant in, denn de Reis duert sachs länger as een Dag un een Morrn." De Reis gefallt em richtig guut. Se seilen langs de Küst, und oeverall, 'nem se en Haven anlopen, kümmt dat Volk rutlapen un winkt de König to. Dar freut he sik bannig to. Denn mal een Avend, se hebben al veertig Daag un veertig Nachten seilt un schoe'n al bi lütten an de Rüggreis denken, do kriegen se en düchtige Storm in de Seils. Dat is rein gresig, dar is keen Holen mehr – dat Schipp flüggt man so vör de Wind.

Man nachts Klock twölf leggt de Storm sik. Do seggen de Lüüd: „Wo kann dat angahn? Dat is nich blots boomstill, man dar sünd uck keen Bülgen mehr to sehn." Aver dat Snaaksche is, se koenen dat Roor rumdreihn, as se woe'n, dat Schipp drifft ümmerto blots in een Richt. Do weeten se nich mehr, was se maken schoe'n. Se drieven ümmer wieder. Wonem se sünd, koenen se nich mehr faststellen, man dat se wied vun Huus sünd, dat weeten se.

As de Middagstied anbraken is, seggt de Kaptein: „Sehn I de Barg dar merrn in'e See? Dat mutt de Magneetbarg we'n. Dar heff ik faken vun hört. Um de dare Stä' seilen de Seelüüd ümmer wied butenum, denn allens, wat dar henkümmt, fahrt sik to Grütt. Je dichter een an'e Barg rankümmt, je duller warrn de Schepen antrocken. Se warrn tweislaan, so gau fleegen se gegen de Barg. De Nageln warrn eenfach ut de Planken ruttrocken." Um dar denn nix gegen to maken is, fraagt de König. Doch, seggt de Kaptein, dat mutt woll wat geven, dat hett he mal vun ole Seelüüd hört. Baven up'e Barg, seggt he, dar steiht en Rüter, un wenn de dalfallt, denn hollt de Antreckkraft up. „Man wodennig kriggt een de dare Keerl dar dal?", fraagt de König wedder. Wenn he dat richtig weet, seggt de Kaptein, denn mutt dar up dat Eiland wat vergraavt we'n, en Piel un en Bagen. Aver de finn mal! Un wokeen kriggt dat klaar un kamen lebennig rup up dat Eiland? He weet dat nu al: Se fleegen so batz! gegen de hoge Klippen. Dat is een grote Klump vun Steen, wat dar ut'e See upstiegen deit.

All stahn se nu dusend Angsten ut, wieldes dat Schipp ümmer gauer dör dat Water glitt. Un denn kümmt de Ogenblick, wo dat gegen de Klipp flüggt un heel un deel in Stücken slaan ward. In desülve Momang kriggt de König en sware Plank tofaat, 'nem all de Nageln ruttrocken sünd. Dar klammert he sik an fast so dull, as he kann. Do drifft he mit de Plank langs de Klippen, un up de anner Kant vun dat Eiland, 'nem dat sieder is, dar ward he an Land smeten. Mehr doot as lebennig un halv benusselt blifft he liggen, un denn fallt he in Amidaam.

Do dröömt he, he graavt dar an de Stä', 'nem he liggen deit, en Lock in'e Grund un finnt en kopperne Bagen mit dree Pielen ut Blie. In'e Droom kriggt he Bescheed, he schall dar up'e Barg mit klarrn, man he schall sik jo nich umkieken oder snacken, nich mal mit sik sülven. Baven up'e Barg steiht denn en lütte Tempel, un baven in'e Tempel steiht en grote Perd vun Kopper, und dar sitt en kopperne Rüter up, ward em seggt. De dare Rüter mutt he mit een vun sin Pielen dalschöten. Denn kümmt dat Perd dalrullt, em in'e Mööt, un toletzt lannt dat up de Plack, 'nem he nu liggt to slapen. Dar mutt he dat Perd begraven; he mutt sehn, datt he dar sovel Eerde oeverschüffelt kriggt, dat et heel un deel todeckt is. Denn stiggt dar en kopperne Keerl tohööcht ut'e See, de nimmt em mit in sin Boot. Man he schall jo un jo keen Woort snacken, anners geiht em dat leeg.

As he wedder waak wurrn is, geiht he bi un graven en Lock. Un würklich finnt he de kopperne Bagen mit de dree Pielen ut Blie. Nedden an de Barg kann he nix klookkriegen, denn dat is dicht bewussen mit Böme un Buschwark. Man as he höger klarrt, ward he wecke grote kopperne Pielers wies mit so'n Aart lütte Tempel baven up, un baven in'e Tempel steiht en grote kopperne Peerd mit de kopperne Rüter baven up. As he meent, he kann 'n langen, schütt he. Un foorts mit de eerste Piel dröppt he de kopperne Rüter. De kippt dal vun sin Perd, rullt in'e See un is weg. Foorts kümmt uck dat Perd dalrullt, liek up em to. Gau springt he bisiet; dat Perd pultert an em vörbi, un jüst so, as he dat dröömt hett, blifft et up de Plack liggen, 'nem he de Nacht slapen hett un 'nem he de Bagen utgraavt hett. Un dar kuult de König dat kopperne Perd in.

Ja, un denn – denn passeert dar nix. He kickt ut na alle Kanten, man dar kümmt keen kopperne Keerl un keen Boot. Dat duert en lütte Stoot, denn warrn de Bülgen stiegen, ümmer grötter un höger rullen se an. Och nee! de Barg, dat Eiland sackt suutje dal in'e See. Nich lang', un he mutt höger rupstiegen. He klarrt ümmer höger, dat Water achterran. Toletzt is dar man noch een lütte Plack na.

He gluupt oever dat Water, un – ja, dar in'e Feern ward he een wies in en lütte Boot. So gau as en Flintenkugel kümmt de anrojen, un as he bi em is, is de Barg meist ünnergahn. De Keerl – en kopperne Keerl – winkt mit sin Finger un wiest in'e Boot. De König sett sick achtern rin, de kopperne Keerl leggt sik foorts in'e Reemen, un de Boot klöövt de See.

As he sik umkickt, is de Barg al weg. De Tempel steiht dar noch, man en lütte beten later is de uck in'e Bülgen versackt. De kopperne Keerl reemt all, wat he kann; dat duert man en paar Stunnen, do süht de König in de Feern de Küst, un noch en beten later kann he al de Tinnen vun sin Slott kennen.

„Süh so", denkt he, „blots noch en lütte Stoot." De Boot hollt nu liek up'e faste Wall to. „Ik heff di min Leven to verdanken", seggt de König to de Fährmann. Un do upmal sackt de Boot weg! Nich Fährmann un nich Boot kann he noch sehn, och, Kopper is ja ümmer so swaar. He hett dat to ielig hatt mit Snacken. Dar spaddelt he nu. Mit grote Mars[1] kümmt he an Land; de Bülgen smieten em för doot

---

[1] Mars = Anstrengung, Mühe (dän. mas)

up'e Strand. Man as he dar en paar Stunnen legen hett, kamen dar wecke Lüüd vörbi. Se seggen: „Kiek mal, dar liggt de König up'e Strand!" Gau ward dat wiedermellt. De König ward na Huus slept, un sodennig kümmt he dar lebennig vun. Un all freu'n se sik, dat de Magneetbarg weg is, denn dar hebben de Schippers ümmer en gewaltige Grugel vör hatt.

Dat funnene Geld

In en lütte Dörp hebben mal en Mann un en Fruu mit en Barg Gören wahnt, de hebben se's Broot verdeent mit Fischen, Weven un Wild-Sneren.

Mal een Avend geiht de Mann weg un will noch even na sin Lassrüüs un na sin Vossfall kieken, do finnt he up'e Weg en grote Sack mit Geld. Statts un kieken na de Rüüs un na de Fall, geiht he gau wedder torügg na Huus, he will sin Greeten mal mit de dare Sack vull Geld oeverraschen. Man as he al ganz dicht bi Huus is, do begrippt he sik un seggt to sik sülven: Wenn he dat sin Oolsch vertellt, denn is dar grote Schangs, dat se dat morrn *all* weeten.

Darum geiht he de Weg wedder torügg, sett de Sack achter en dicke Boom un geiht na de Vossfall un de Rüüs: in'e Fall sitt en Voss un in'e Rüüs en Lass. He maakt se all beid doot un stoppt de Voss in'e Rüüs un de Lass in'e Fall, un denn geiht he na sin Greeten, de is jüst bi un weven.

Och, röppt he, se schall doch mal gau mit em mitkamen. Dat is so düüster, seggt he, he is al heel un deel verbiestert we'n. Greeten oeverleggt nich lang' un geiht mit Piet mit. Ünnerwegens kamen se langs dat Gemeendehuus, 'nem noch Licht brennen deit, se sünd noch bi't Reinmaken.

Verdori, seggt Greeten, dar is ja noch Licht in't Rathuus, un dat so laat an'e Avend. – Ja, seggt Piet, dat is nu jüst de Nacht, dat de Landjäger mit'e Düvel afrekent.

Och, seggt se, um dat würklich wahr is.

Wiss doch, seggt Piet, um se dat denn noch nich weet, dat de Landjäger eenmal in't Jahr mit'e Düvel afrekent. – Nee, seggt Greeten, dat hett se nich wusst.

Upletzt kamen se na de Rüüs, un dar finnen se en Voss in un in'e Vossfall en dicke Lass. Denn gahn se wedder na Huus to, man ünnerwegens seggt Piet, dat regent so, se woe'n man even dar ünner de Boom gahn un schulen. Un as se sik dar dalsetten, do finnt Greeten de grote Sack mit Geld.

Na, seggt Piet, nu man gau na Huus, dat keen Minsch dat gewahr ward. Un se schall dar jo an denken, dat se to keeneen wat seggt vun dat Geld, wat se funnen hett.

Nee, bestimmt nich, seggt Greeten.

Man dat duert nich lang' un Greeten mutt dat doch mal ehr Naversch Trina vertellen, man de schall dat jo an keeneen wiedervertellen. Ja, man pass up: Trina vertellt dat an Marie un Marie an Hanna, un denn is dat gau dat Dörp rund: Piet un Greeten hebben Geld funnen. Dat duert denn uck nich lang' un Piet un Greeten moeten up't Raathuus kamen un geven dat Geld af.

Se hebben keen Geld funnen, seggt Piet.

Sin Fruu seggt dat aver, seggt de Börgermeister.

Ja, seggt Piet, sin Fruu seggt vel, wenn de Dag lang is. De hett bischurens nich all fiev up'e Dutt.

Düvel noch mal to, röppt Greeten, um he ehr dar to en Doeskopp stempeln will. Se weet noch heel guut, wannehr dat passeert is, seggt se. Dat is de Nacht we'n, as de Landjäger mit'e Düvel afrekent hett un as se in'e Rüüs en Voss fungen hebben un in'e Voss-fall en Lass."

Na, wat he dar nu to seggen deit, fraagt Piet de Bör-germeister.

Ja, ja, he hört al, seggt de Börgermeister, se schoe'n man na Huus gahn.

Ool Minneke

Dar is mal en Hex we'n, de hett in en Höhl an'e deepste Stä' vun en deepe Slunk huust. Ool Minneke hebben de Lüüd ehr nöömt.

Ool Minneke is en Fruunsminsch we'n, dat oever de Maten achter de Mannslüüd ranwe'n is, man uck oever de Maten grimmig. Se hett oevernatürliche Kräft hatt, un hett dat vör allen up junge Buernsoehns afsehn hatt. Wenn de mit ehr in ehr Höhl gahn sünd, hebben se dar wedder vun weggahn kunnt mit sovel Goldstücken, as se man hebben drägen kunnt. Man se sünd denn in de Hex ehr Macht bleven; elkeen Wuch hebben se een Nacht mit ehr in de Höhl tobringen musst.

Nich wied af vun de Hex ehr Höhl hebben en paar lütte Hoef legen, dar hebben wecke arme Katenbuern wahnt. Un een vun de Lüüd, de dar wahnen, is Geerd, de wahnt dar bi sin Vadder un Mudder. Sin Vadder hett Geerd al bibröcht, wat he doon mutt, wenn Ool Minneke em neeg kümmt. Denn schall he en Krink um sik trecken und seggen:

„Ool Minneke, Ool Minneke,
mit di gah ik nich mit,
ik heff min Leev un Sinnen
up en anner Mäten sett."

Dat is wichtig, dat hett he vun sin Vadder lehrt. Un sodennig kann Ool Minneke nich an em rankamen. He hett dat vun sin Vadder lehrt, vun Vadder up Soehn, denn de Vadder seggt: „Dat is beter un we'n arm un glücklich as riek un unglücklich. Darum, Ool Minneke ehr Gold, dat hebben wi nich nödig." Un dar blifft dat bi, un Geerd denkt: „Ik bün glücklich, un ik kenn min Fründschop, un ik weet:

Ool Minneke, Ool Minneke,
mit di gah ik nich mit,
ik heff min Leev un Sinnen
up en anner Mäten sett."

Un een schöne Dag löppt Geerd dör't Holt na't Dörp,
he schall wat inhalen. He geiht to fleuten, dat is fei-
ne Wedder, dat is in't Fröhjahr. Un dar bemött he
mitmal en junge Deern. De junge Deern heet Gesine.
Un Gesine is de Dochter vun de riekste Buer wied un
sied. He hett woll mal vun ehr hört, man se kennen
sik nich. Un de beiden kamen kommodig in Snack,
Geerd harr gar nich dacht, dat he so fein mit en
Deern snacken kunn as mit Gesine. Se föhlen sik
bi'nanner fein toweg'. Un se kopen se's Kraam in, un
se verpuusten sik en beten bi de Bek, de ploetert dar
in't Fröhjahr. Un Geerd mag Gesine bannig geern
lieden, un he denkt: „Ik bring ehr foorts na Huus."
Un heel kommodig up de dare Fröhjahrsdag geiht
Geerd mit Gesine na de rieke Buerstä'.

Man he is noch nich up'e Hoff ankamen, do kamen
twee grote, swatte Hünne andraavt un wiesen em de
Tähns. Un denn kümmt Gesine ehr Vadder uck al
an, en grote, düüstere Keerl mit koehlswatte Ogen
un en grote brune Knüppel in'e Fuust. Un dat eerste,
wat he to Geerd seggt, is: „Du Schietbüdel, arme
Katenjung, denk blots nich, dat du min Dochter
kriggst! Denn musst du al en Schuuvkaar vull Gold-
stücken mitbringen. Blots denn kannst du min Doch-
ter kriegen! Un nu huul af!"

Geerd kickt sik nochmal um, man Gesine is al ut-
neiht. Un he glitt sik af un geiht na Huus. Man he
kümmt mit en bannig leege Luun na Huus, dat koe-
nen I ju ja denken.

Un dat vergeiht nich. Sin Vadder un Mudder fragen em woll, wat dar los is mit em. Och, nix, seggt he, he hett man en beten Buukweh. Man he denkt natürlich bi Dag un bi Nacht an de Deern, 'nem he sik in verkeken hett.

Un do ward he gruweln. Un he denkt: „Wodennig kann ik an dat Gold kamen?" Un dat is meist, as wenn Ool Minneke dat rüken kan, dat he an't Gruweln is. Un do kümmt se hen na em un seggt: „Höh, Geerd, ik heff hier en Barg Goldstücken för di. Ik weet ja, du wullt bald heiraden. Kannst dat dar nich fein to bruken?"

„Nee", seggt Geerd, „bliev du mi vun't Liev, din Goldstücken will ik nich hebben, denn so wullt du mi man heel un deel hebben."

„Och wat", seggt Ool Minneke, „dat is doch man dumme Lüüdsnack."

Nu mutt ik ju mal vertellen, wodennig se utsehn hett, Ool Minneke. Se hett en ganz kahle Kopp hatt mit en paar vun de grote Waarten mit Haar up. Se hett uck heel un deel keen Ogenbranen hatt. De Stä' vun ehr Näs is en grote, swatte Lock we'n. Un dat Leegste is ehr Mund we'n, oder Muul kannst dar ehrer to seggen. Se hett en paar rotte Tähns hatt, un darbi twee gele Gifttähns. Un wenn se denn achter en junge Mann herwe'n is, is dar ut de Gifttähns dat Gift rutdrüppelt. Un vun ehr Klauen heff ick doch al snackt, oder nich? De gewaltige Klauen mit de swatte Nägeln? Sodennig hett se utsehn, un denn hett se noch en swatte Mantel anhatt.

Man na en paar Mal, as dat nu mal nich uphollt, do nimmt Geerd sik vör, he will sik doch dat eene Mal vun Ool Minneke fangen laten. He löppt dör't Holt, un mitmal kümmt Ool Minneke dar an. He hett keen Tied mehr un verdeffendeern sik. Un he is uck al up Ool Minneke ehr Rebeet, un dar versleit dat nich mehr mit de Krink un de Sproek. Do kriggt he dat mit'e Angst, un mit sin Holtschoh sparkt he Ool Minneke en Dutt Sand in't Gesicht, un do is Ool Minneke en lütte Stoot heel dör'nanner. Un Geerd kriggt dat Lopen, un he rönnt dal na de Stroom to. He hett sin Klotzen uttrocken un will versöken un kamen hen na de Wichelmann. Denn de Wichelmann is de eenzige wied un sied, de gegen Ool Minneke ankümmt. De Wichelmann, de is dat Gegendeel vun Ool Minneke. He is en Mannsminsch un wahnt in de fette Masch an'e Stroom, he is groot un he hett Knoev, un up sin Rebeet würr he Minneke oeverkoenen. Man Ool Minneke, de kümmt nich up sin Rebeet, dar will se sik woll vör wahren. Un ut en sekere Afstand triezt se de Wichelmann. Un de Wichelmann hört al ewig in de Feern dat Jammern vun Buernsoehns, de Ool Minneke faatkregen hett, man he kann dar nix an doon.

Geerd löppt nu denn ja in'e Richt vun de Wichelmann, man he is noch nich mal halvwegs dar, do kümmt Ool Minneke achter em her as en Gewitterwulk mit Blitzen un Dunnern. Un do snüffelt Geerd, un Minneke kriggt em faat in sin Fleesch mit ehr swatte Nägeln. Un se hollt em oever ehr Kopp un flüggt na Huus, un in Null Komma nix liggt Geerd in ehr Hexenkuul.

To'n eersten deit se em jo Gewalt an, man wo dat Ool Minneke um geiht, un dat is vel wichtiger, dat is de Seel vun de junge Mann. Denn in de Seel vun de Mann, in de Seel vun de Minsch, dar sitt de Levenskraft in. Un de Levenskraft vun de junge Buernsoehns, de will Ool Minneke hebben. Un wenn du de quiet büst, denn steihst du up lange Sicht al up'e Dood sin List.

Un as Geerd de neegste Dag wedder to sik kümmt, finnt he sik verwunnt nedden in de Hexenkuul, man dar liggt uck en ganze Barg Goldstücken. Do denkt he bi sik: „Na ja, se hett mi ja recht bi de Flicken hatt, man dat Gold nehm ik fein mit." He geiht even nochmal to Huus vör, bringt sik up Schick, un denn geiht he mit dat Gold up en Schuuvkaar – klaar, mit en Dook oever – hen na Gesine. Gesine freut sik, as se em kamen süht. Un Gesine is recht so'n leeve, unschüllige, nette Buerndeern. Dar sitt heel un deel keen Arg in ehr, blots Levenslust un Frohsinn.

Geerd geiht mit na ehr Vadder sin Kamer, un dar leggt he dat Gold up'e Disch. Do seggt ehr Vadder: „Fein, fein! Denn büst du uck bi Ool Minneke we'n? Dar will ik denn nich wieder mit di oever snacken. Man wat sünd de Plichten?" – „Na ja", seggt Geerd, „eenmal in'e Wek, Middeweken, mutt ik hen na ehr, twüschen de Sünndaag."

Binnen een Wek is dat regelt mit de Hochtied. Dar kamen Eddellüüd un rieke Minschen vun neeg bi un wied weg. Dat is en grote Fest, blots – de Lüüd, de lachen un grienen so tumpig. Dat is rein, as wenn dar en Düvelslachen oever allens regeert. Man dar ward danzt un fiert mit leckere Eten un Drinken. De Buer lett de anner Lüüd mal even marken, wo riek he is.

Darna trecken Gesine un Geerd in een Eck vun de rieke Vadder sin Buerstä' in. Man Geerd – de is nich mehr de Geerd vun ehrdem. He is nich mehr vergnöögt, he is nich mehr blied un munter. He is verdreetlich, melanklüterig, un he sitt blots noch in sin

Eck. Un eenmal in'e Wek geiht he na de Hexenkuul. Un dar kümmt he ümmer heel elend vun t'rügg. „Wonem geihst du eegentlich hen?", fraagt Gesine. „Ja, min Vadder is süük. Ik gah, oeh … un help em en beten." – „Schall ik mitgahn?" – „Nee, ik gah alleen." Af un to mutt he sik mal vun Ool Minneke anfaten laten, eenmal in'e Wek.

Upletzt ward Gesine dat wies. Do begrippt se, un se seggt: „Geerd, wo hest du dat doon kunnt? Dat harrst du nich doon durft!" Man Geerd seggt: „Ja, man anners harr ik di nich heiraden kunnt, denn harr ik keen Gold hatt, un denn harr din Vadder mi di nich geven."

Gesine is heel un deel armsinns. Trurig löppt se rum, un as letzte Utweg geiht se hen na de Wichelmann un fraagt em um Raat. Un de wiese Wichelmann seggt: „Gesine, wenn du dat nu klaarkreegst, dat de Hex bi mi up min Rebeet kümmt, denn kunn ik ehr oever warrn. Denn smiet ik ehr in'e Stroom, un denn weer't dat." Un Gesine hett Geerd so leev, se riskeert dat. Se verkleed't sik as Mannsminsch: swatte Hoot, swatte Mantel, un se löppt oever de Heid un löppt so in'e Runn: „Ool Minneke, de kann mi doch nich kriegen, ik kann doch vel duller lopen." Na, dat is natürlich Water up Ool Minneke ehr Moehl. Denn se deit ja nix leever as achter de junge Buernsoehns herjachtern in'e Hexenjagd. Un se kickt ja al na Geerd ut, un sodennig geiht se dar … as en Gewitterwulk! Un Gesine, de rönnt un rönnt. Un se rönnt duller as Geerd oder jichens een vun de Jungs! Se rönnt in de Richt na de Wichelmann, un in'e Feern süht se al de Böök stahn, de steiht jüst up'e Grenz twüschen Ool Minneke ehr Rebeet un de Wichelmann sin.

Eenmal kriggt Ool Minneke ehr mit de Klauen faat bi de Mantel, man se kann jüst noch de Mantel afsmieten un utneihn. Un denn mit eenmal springt se oever de Graav up de Wichelmann sin Rebeet. Un Ool Minneke – oeverdorig, mit blootünnerlapene Ogen, un dat Gift drüppt ehr ut dat Muul – de passt nich up un springt uck oever de Graav. Un dar is de Wichelmann, un de kriggt ehr faat mit sin gewaltige Hänne un böhrt ehr hooch over sin enorme Liev un Kopp. Un denn stappt he hen na de Stroom un smitt ehr merrn in't Water rin. Un dat Water vun de Stroom ward küseln un schümen, un gele Sweveldamp stiggt tohööcht. Man se kümmt nich wedder na baven, un de Stroom bringt Ool Minneke na de See, un dar hebben de Haifischen ehr denn upknabbert. Un dat is dat Enne vun Ool Minneke.

Gesine geiht na Huus, un dar süht se Geerd up'e Schemel vör de Dör sitten, un – würklich – he hett en Smuustern um'e Mund. De Seel, de is wedder t'rüggflagen, un se sünd beid doodmöö', man uck heel blied. Un se besluten, se woe'n tosamen en nüe Huus buun. Un dat uck nich mehr bi de Vadder. Dat nüe Huus hebben se denn dicht bi de dare Slunk buut, 'nem vördem Ool Minneke huust hett. Un wenn dar denn mal eens Lüüd na se kamen und meenen: „Is dat nich gefährlich? In'e Hexenkuul?" Denn seggen se: „Nee, kiek. Düt is en heel glückliche Stä'. Wi hebben hier unse Kinner kregen. Wi hebben en paar Höhner un Köh, un hier in de Slunk is heel un deel nix Böses mehr. Dar is nix mehr, gar nix mehr los, keen Hex mehr." Un wenn se noch nich dootbleven sünd, denn wahnen se dar sachs noch in'e „Hexenkuul".

De Kaiser sin Soehn

Dar is mal en Kaiser we'n, de hett een Soehn hatt. He hett em blots de Fuuljack nöömt, denn de Jung is bannig fuul we'n. Mal seggt de Kaiser: „Wat büst du doch för'n Fuuljack! Gah to Holts un söök dar wat Apattiges." De Kaisersoehn kriggt sik en Biel un geiht to Holts. Man statts dat he sik up'e Söök maakt, leggt he sik dal to slapen. As he wedder waak ward, kappt he gau en paar krumm wussene Telgens vun'e Böme. De driggt he up'e Rügg na't Slott un gifft se sin Vadder. De Kaiser fraagt: „Is dat wat Apattiges?" De fule Soehn nickt. „Du scha'st di wat schamen!" röppt de Kaiser. „Gah nochmal hen un bring mi wat Apattiges, wat heel Apattiges!"

As Fuuljack nu süht, sin Vadder is bannig füünsch, geiht he lever wedder. He löppt wied in't Holt rin. Upmal süht he mang de Böme en lütte Kaat stahn. De Dör steiht apen. As Fuuljack dichter bi kümmt, süht he en ole Mann an en Disch sitten. Munter geiht Fuuljack na binnen un fraagt, um he wat to eten hett för em. He is de heele Dag lapen, seggt he, un hett Smacht. – Natürlich, lacht de fründliche, ole Mann, he schall sik man dalsetten an'e Disch. He hett sülven jüst vör un eten wat. Fuuljack kickt sik um. Keen Stä' kann he wat to eten wies warrn. Do kriggt de ole Mann en Rucksack her un seggt:

> *„Rucksack, Rucksack, stippe-stapp!*
> *Giff uns Eten: Happ-happ-happ."*

Miteens stahn dar Tellern un Schötteln vull leckere Eten up'e Disch. As se satt sünd, seggt de ole Mann:

> *„Rucksack, Rucksack, stippe-stapp!*
> *Dat weer lecker, happ-happ-happ."*

De ole Mann leggt sik glieks na't Eten en beten dal to slapen. Fuuljack kickt sik de Rucksack mal nipp an un denkt: „Dat is wat Apattiges!" He sliekert sik liesen weg un nimmt de Rucksack mit. Ünnerwegens bemött he en Mann. Wonem he herkümmt, fraagt he Fuuljack. Och, he hett wat heel Apattiges söcht, röppt Fuuljack. Dat schall he em man geven, seggt de anner. He will em dar en Wunnerswert för weddergeven. Dat sleit elkeen de Kopp af, wenn he dat befehlen deit. Dat deit Fuuljack, he vertuuscht de Rucksack för dat Swert. As he dat Swert denn hett, röppt he na dat Swert:

„Hau de Mann de Kopp af!"

Dat Swert deit dat. Do hett Fuuljack en Wunnerrucksack un en Wunnerswert. En beten later bemött he wedder en Mann, de fraagt em, wonem he herkümmt. Och, röppt Fuuljack, he hett wat heel Apattiges söcht. He schall em man de Rucksack geven, seggt de anner, denn kriggt he vun em en Töverfleut. Wenn he dar up spelen deit, warrn all sin Wünsch erfüllt. He kann allens kriegen, wat he hebben will. Do vertuuscht Fuuljack de Rucksack för de Töverfleut. As he de Fleut hett, röppt he na dat Swert:

„Hau de Mann de Kopp af!"

Dat Swert deit dat. Nu hett Fuuljack ja dree apattige Saken. Gau löppt he wedder na sin Vadder sin Slott. As he dar ankümmt, spelt he up'e Töverfleut un wünscht, dar schall en grote Brügg vör dat Slott stahn. As de Brügg dar is, kümmt de Kaiser verbaast na buten un fraagt, wodennig dar miteens de Brügg henkümmt. He stüert hunnert Suldaten oever de Brügg. Foorts geiht Fuuljack bi un spelt up'e Töverfleut un wünscht, de Suldaten schoe'n all doot umfallen. Nu is de Kaiser noch duller verbaast. Mit grote Schre' löppt he sülven mit en Lakai oever de Brügg un kümmt hen na Fuuljack, de fuul in't Gras liggen deit. Wat dar los is, röppt de Kaiser vergrellt. He hett doch wullt, he schull wat heel Apattiges söken, seggt sin Soehn. Na, un dat hett he mitbröcht. – Dat is denn uck wat Feines, schimpt sin Vadder. Dat schall wat Apattiges we'n? Hunnert vun sin Suldaten sünd doot! – Och ja, nee, lacht Fuuljack, he schall man even mal töven. He mutt man up'e Wunnerfleut spelen, seggt he, denn lopen se wedder.

He fangt an un spelt un wünscht, de Suldaten schoe'n wedder marscheren. Foorts stahn de Suldaten up un lopen oever de Brügg na't Slott. „Dat is würklich … wat … Apattiges", stamert de Kaiser. Fuuljack wiest sin Vadder de Rucksack un seggt:

„Rucksack, Rucksack, stippe-stapp!
Giff uns Eten: Happ-happ-happ."

„Is dat nix Apattiges?" fraagt Fuuljack un lett de Lakai dat leckere Eten verdeelen. „Dat is würklich … wat … Apattiges", stamert de Kaiser wedder. Do seggt Fuuljack to dat Swert:

„Hau de Lakai de Kopp af!"

Dat Sweert deit, wat he seggt hett, un haut de Kopp af. De Kaiser verfehrt sik un kickt sin Soehn füünsch an. Do spelt Fuuljack up'e Wunnerfleut un wünscht, de Kopp schall wedder up'e Rump kamen. Foorts passeert dat. Um dat nich is en Wunnerfleut, fraagt Fuuljack. Ja, dat is en Wunnerfleut, seggt de Kaiser. Um dat nich is en Wunnerswert, fraagt Fuuljack. Ja, dat is en Wunnerswert, seggt de Kaiser. Un um dat nich is en Wunnerrucksack. Ja, dat is en Wunnerrucksack, seggt de Kaiser. Fuuljack gifft sin Vadder de dree Wunnerdinger un fraagt, um em nich dücht, dat sünd apattige Saken. Ja, seggt de Kaiser, dar hett he dree richtig apattige Saken funnen. He is doch en rechte Kaisersoehn! – De Kaiser un sin Soehn hebben noch lang' un glücklich levt.

De Mann ahn Seel

Dar sünd mal wecke arme Lüüd we'n mit en Barg Kinner. Een Dag seggt de öllste vun de Kinner: „Vadder, ik will ju nich länger to Last fallen. Ik gah los un seh to, dat ik min Broot sülven verdeen." Do treckt he weg vun to Huus un will sik as Knecht vermeeden, man keen Stä' hebben se een nödig. He is al en paar Daag ünnerwegens, do kümmt he na en Buernhoff, 'nem se em as Knecht annehmen woe'n. Man ünner een Bedingen. Du musst weeten, up de dare Hoff hebben se en bannig deepe Soot, 'nem af un to en snaaksche Larm ut upstiegen deit. Wenn een up de dare Buernhoff Knecht warrn will, mutt he eerst dal un ünnersöken de Borm vun de dare Soot. Eerst wenn dat daan is, ward een as Knecht annahmen un guut betahlt. En Barg hebben dat al versöcht, man sünd denn in'e letzte Ogenblick bang' wurrn. De Jung nimmt sik fast vör, he will sik dalsacken laten bet up'e Borm. He kriggt en Tau um't Liev, un se fier'n em dal in'e Soot. Wenn he bang' ward un wedder na baven will, denn schall he dat Tau en düchtige Ruck geven, un denn woe'n se em wedder ruphieven.

Dat Dalfier'n duert lang'. Af un to kriggt he en degte Schreck, man he lett sik ümmer deeper dalsacken. Toletzt markt he Grund ünner de Fööt. He kickt sik um un ward liek vör sik en Dör wies. He maakt dat Tau los, maakt de Dör up un süht, he steiht vör de Ingang na en ünnereerdsche Palast. Nieschierig löppt he dör allerhand prachtvulle Kamern un Saalen. Man dat is dodenstill, he hört un süht nix Lebenniges. He will al umdreihn un wedder t'rügg na de Soot un sik na baven trecken laten, man as he noch en Dör upmaakt, steiht he upmal Oog in Oog mit en gresige Undeert. Dat süht ut as en Deert, man sin Kopp lett doch an en Minsch denken.

He will al utneih'n, do seggt dat Undeert: „Wes man nich bang', ik do di nix. In't Gegendeel, wenn du mi helpen wullt, kannst du mi un di sülven för't heele Leven glücklich maken." De Jung blifft stahn un hört to, un dat Undeert snackt wieder: „Kiek mal, ik bün en verwünschte Königsdochter, man wenn du dree Daag un dree Nachten hierblieven wullt un doon na min Raat, denn bün ik erlöst. Denn warr ik din Fruu, un de heele Palast hört denn di to. Man du musst allerhand afkoenen. Slag Klock twölf kamen dar dree Riesen na din Kamer rin. De eten un drinken dar, un denn seggt een vun de dree: ‚Schoe'n wi nich en Putt Kaarten ansetten?' – ‚Ja', seggen de annern denn, ‚aver wi sünd ja man to drütt.' Denn kieken se sik um, un wenn se di denn wies warrn, maken se di waak. Man wat se uck doon, du dörvst nix seggen un musst so doon, as wenn du wieder-slöppst. De eerste Nacht blieven se een Stunn, de tweete Nacht blots en halve un de drütte Nacht man en Viddelstunn. Wenn du dat elkeen Mal dörsteihst, denn bün ik erlöst."

Dat Undeert wiest em allerhand Saalen, de sünd noch kostbarer as de annern vörher, un et geiht mit em dör Gaarns un Perdestallen. De Jung lett sik besnacken, he will de dree Nachten in'e Palast tobringen. He itt un drinkt, un denn geiht he to Bett.

As de Klock twölf sleit, flüggt de Dör up, un dree Riesen kamen rin. Se hebben to eten un to drinken mit, setten sik kommodig an'e Disch un gahn bi un eten. Klock halvig een seggt een vun de Riesen: „Schoe'n wi nich en Putt Kaarten ansetten?" – „Ja", seggen de annern, „aver wi sünd ja man to drütt." Do kickt een vun de Riesen sik um un süht de Jung dar liggen. „Dar liggt de veerte Mann." Se stahn up un lopen hen na sin Bett.

„Segg mal, Fründ, spelst du en Partie Kaarten mit?" Nix. Een vun de Riesen röppt nu luder: „Segg mal, Fründ, spelst du en Spel Kaarten mit?" Wedder nix. De Ries röppt noch luder, man dat helpt nich. Do gahn se bi un schüddeln de Jung un kniepen un hau'n em, dat em allens weh deit. Man he deit, as wenn he slöppt un blifft bi un snorkt. Meist harr he upgeven, man do sleit de Klock een, un de Riesen sünd weg.

De neegste Dag kümmt dat Undeert na de Jung. Dat süht al mehr na en Minsch ut, un dat smeert de Jung sin Wunnen un blaue Plackens in mit Salv. Do sünd de Wehdaag weg, un allens is wedder heel.

„Hör mal", seggt de Jung, „hier bliev ik nich länger, anners hau'n de Riesen mi am Enn noch doot."

„Och", seggt dat Undeert, „bliev doch, een Nacht is al vörbi, un vunnacht blieven se man en halve Stunn."

De Jung lett sik besnacken un blifft uck de neegste Nacht. Slag Klock twölf kamen de dree Riesen wedder rin. Se eten un drinken, wat se mitbröcht hebben, man dütmal is de Mahltied gauer vörbi. Klock Viddel na twölf is dat Fest to Enn. Wedder nödigen se de Jung to en Partie Kaarten, un wedder kriegen se keen Antwoort.

Dütmal hebben de Riesen nich sovel Gedüer, se kriegen de Jung faat, hau'n em links un rechts, rieten em ut't Bett un gahn bi un sparken em. De Jung kann dat meist nich mehr af. Man upmal sleit de Klock halvig een, un de Riesen sünd weg. Un jüst so as dat eerste Mal hett he nix seggt.

As dat Undeert de neegste Morrn rinkümmt in de Kamer, is dat al meist en Minsch wurrn, blots de Hänne un Fööt sehn noch ut as de Poten vun en Deert. Et smeert wedder Salv up de wehe Stä'n, un foorts sünd de Wehdaag weg. Vun de Wunnen is keen Spier mehr to seh'n.

„Nu bliev ik hier doch nich mehr länger", seggt de Jung. „Ik weet dat wiss, de neegste Nacht oeverlev ik nich. Denn sünd de Riesen bestimmt noch leeger."

Man dat Undeert fangt wedder an un snackt up em in. „Düsse Nacht blieven de Riesen man en Viddelstunn, de is doch gau rum. Düt is de letzte Nacht, twee Nachten hest du al dörholen. Un du sühst doch, wo wied ik al verännert bün. Schall denn all de Mars[1] vergevs we'n? Wies, dat du en Hart hest! Erlös mi, un ik bün di ewig dankbar."

Na lange Dibbern lett de Jung sik besnacken. Vull Bangen geiht he to Bett. Slag Klock twölf kamen de Riesen rin. Nu hebben se nich blots wat to eten bi sik, man elk vun se hett uck noch en dicke Knüppel. Se eten un drinken wedder, man dütmal sünd se al na soeven Minuten t'recht. Wedder lett de Jung sik nich nödigen un kamen to Kaartenspelen. He ward ut't Bett reten, pedd't, sparkt un sodenig mit Knüppels trakteert, dat he an't heele Liev blödden deit. Man dar kümmt keen Woort oever sin Lippen. Denn sleit dat Viddel na twölf, un de Riesen sünd weg.

De Jung kann nich mehr upstahn vör Wehdaag un fallt in Amidaam. Morrns kümmt dar keen Undeert rin, man en feine junge Deern. Se smeert sin Wunnen in mit Salv, un foorts is de Jung wedder so risch as en Fisch in't Water.

---

[1] Mars: Mühe, Anstrengung (dän. mas)

„Nu moeten wi soeven Jahr un soeven Wuchen in Freden leven", seggt de Deern. „Wenn wi vör de Tied Striet kriegen, is dat ut, denn mutt ik weg, hen na de Mann ahn Seel."

Jahren vergahn, ahn dat dar twüschen se uck man dat lüttste Woort vun Quarkerie un Uneenigkeit fallt. Dat schient se heel unmoeglich, dat se utenannergahn schullen. De soeven Jahr un soeven Wuchen sünd meist um, do kriegen se an'e letzte Dag Krach um en Kleenigkeit.

As de junge Mann de neegste Morrn waak ward, is he alleen, sin Fruu is weg. Trurig söcht he allerwegens in'e Palast, man narms ward he en Spoor vun ehr wies. He löppt dör de Dör in'e Borm vun'e Soot, dör de he mal dalkamen is. Man de Buer hett dat Tau al vör Jahren wegnahmen, denn he hett ja keen Levensteeken mehr vun de Knecht kregen, un all hebben se meent, em is en Mallöör passeert.

Sliepsteerts löppt he rum, söcht allerwegens, man he finnt nix un nümms. Mal kümmt he an'e Ingang to en Gaarn, 'nem he noch nich we'n is. Dar süht he en lütte Oolsch sitten, de kickt em verbaast an. Se fraagt, warum he so trurig utsüht. Do vertellt de junge Mann ehr allens, wat he dörmaakt hett för un erlösen sin Fruu vun'e Hexenkraam, vun dat glückliche Leven, wat se tohopen föhrt hebben, wo se en lütte beten uneenig we'n sünd un wo se upmal verswunnen is. „Un wenn ik dar denn an denk, dat ik dar de Orsaak to bün! Nu is se bi de Mann ahn Seel, un ik schall ehr nie nich wedderseh'n. Un ik kaam hier ja nichmal mehr weg."

De Mann hett keen Hapen, man de lütte Oolsch versöcht un trösten em. „Du deist mi leed", seggt se, „un ik will di helpen. Hier hest du en lütte Putt mit Salv.

Jo mehr du dar vun bruken deist, jo mehr is dar in in'e Putt. Un 'nem du de dare Salv upsmeerst, dar kümmt en Trepp to Vörschien, de bringt di so hooch, as du man wullt. Un hier is en lütte Buddel; jo mehr du dar ut drinken deist, jo vuller ward 'n. Un hier is en lütte Broot; jo mehr du dar vun eten deist, jo grötter ward dat. Klarr du nu man rup na de Maand, de schall di sachs henbringen na de Mann ahn Seel."

De Mann bedankt sik dusendmal bi de lütte Oolsch un geiht na de Borm vun'e Soot. Dar smeert he en beten Salv an'e Muer, un süh, do geiht dar en Trepp bet an'e Rand vun'e Soot. He löppt na baven un smeert wat Salv up'e Grund. Foorts kümmt dar en Trepp bet na de Maand. He klarrt dar rup un kümmt na de Maand sin Huus. He klingelt, un dar kümmt en ole Mann an'e Dör. „Wat wullt du, min Jung?"

„Is de Maand to Huus?" fraagt de junge Mann. „Nee, man dat duert nich mehr lang', bet he wedderkümmt. Kumm man rin", seggt de Ole.

As he wat töövt hett, kümmt de Maand rin. Foorts ward dat ieskoold. „Maand", fraagt de junge Mann, „kannst du mi na de Mann ahn Seel bringen?" – „Nee, deit mi leed", seggt de Maand, „aver gah du man na de Sünn, de ward di dar sachs henbringen."

As he buten is, smeert he en beten Salv up'e Grund, un foorts is dar en Trepp, de geiht bet na de Sünn. An't Enne vun'e Trepp steiht en Huus, dar klingelt he. En ole Mann maakt de Dör up. „Wat wullt du, min Jung?"

„Is de Sünn to Huus?" fraagt de junge Mann. „Nee, man dat duert nich mehr lang', bet se wedderkümmt. Kumm man rin", seggt de Ole.

As he wat töövt hett, kümmt de Sünn rin. Foorts ward dat glöhnig hitt. De junge Mann denkt rein, he schall upsmölten. „Sünn", fraagt he, „kannst du mi na de Mann ahn Seel bringen?"

„Nee", seggt de Sünn, „aver gah du man na de Wind, de ward di dar sachs henbringen." He bedankt sik bi de Sünn för ehr Raat. Buten smeert he foorts wat Salv up'e Grund, un in't sülve is dar en Trepp bet na de Wind. Baven kümmt he na en Huus. De Dör ward upmaakt vun en lütte Oolsch. Uck hier mutt he eerst en beten töven. As de Wind rinkümmt, weiht dat so dull, de Mann weer meist umfullen. „Wind", fraagt he, „kannst du mi na de Mann ahn Seel bringen?"

„Ja", seggt de Wind, „wenn ik dar jichens mal wedder henweih, denn kannst du di man up min Steert setten." En paar Daag later weiht de Wind in de Richt. De Mann klarrt up sin Steert un flüggt mit, oever Hüüs un Feller, Holt un Feld, Stroom un See. As se sodennig en Tied flagen sünd, kamen se na en Feld, dar krabbeln Dusende vun Pissmiern[1] dör'nanner.

„Broder Wind, warum wimmeln de dare lütte Deerten sodennig?"

„Se hebben Smacht", seggt de Wind.

„Dörv ik se wat to freten geven?" fraagt de Mann. „Wiss doch", seggt de Wind. Do gifft de Mann de Pissmiern so vel to freten un to supen, as se man hebben woe'n. Un jo mehr he se gifft, jo mehr kümmt dar in sin Buddel un jo grötter ward dat Stück Broot. As all de Pissmiern de Buuk vull hebben, kümmt en grote Pissmier na vörn un röppt: „Du hest uns hulpen. Wenn du nu mal in Noot kümmst, denn bruukst

---

[1] Pissmier = Ameise

du blots ropen: ‚König vun de Pissmiern, ik heff ju hulpen, nu help I *mi*!‘, un wi kamen foorts hen na di."

Se fleegen wieder un kamen na en Holt, dar flattern un tschilpen Dusende vun Vageln, dat een Hören un Seh'n vergeiht.

„Broder Wind, warum tschilpen de Vageln sodennig?"

„Se hebben Smacht", seggt de Wind.

„Dörv ik de Vageln wat to freten geven?" fraagt de Mann. „Wiss doch", seggt de Wind. Do gifft de Mann de Vageln so vel to freten un to supen, as se man hebben woe'n. Un jo mehr he se gifft, jo mehr kümmt dar in sin Buddel un jo grötter ward dat Stück Broot. As all de Vageln de Buuk vull hebben, flüggt en grote Vagel tohööcht un röppt: „Du hest uns hulpen. Wenn du nu mal in Noot kümmst, denn bruukst du blots ropen: ‚König vun de Vageln, ik heff ju hulpen, nu help I *mi*!‘, un wi kamen foorts hen na di."

Se fleegen noch wieder un kamen na en Weid, 'nem Dusende vun Köh hen- un herlopen un bölken. As he markt, se hebben Smacht, gifft he se wat to freten un to supen. Un de Königin vun de Köh seggt em uck Hülp to, wenn he mal in Noot sitten schull.

Toletzt kamen se oever de See, 'nem Dusende vun Fisch baven up swümmen un se's hungrige Snuten upsparren. Uck de Fisch kriegen to freten un to supen. Darna kann he uck up'e Dank vun dat Fischvolk un sin König tellen.

Se fleegen wedder wieder, Stunnen um Stunnen, bet de Wind de Mann mitmal dalsmitt vun sin Steert. Do kümmt he twüschen veer Muern to liggen. Wat nu? He kickt sik mal guut um, un do süht he, in de Muer is en Dörlock in, man dat is dichtmuert. Wodennig kann he dar dörkamen? De Steens un de Zement sünd ja vel to hart. Do schütt em dat mitmal dör de Kopp, de Pissmiern kunnen em helpen. He röppt: „König vun de Pissmiern, ik heff ju mal hulpen, nu help I *mi*!"

Do kümmt dar en grote Pissmier up em to: „Wat steiht to Deensten, min Fründ?" – „Ik mutt dör de dare Muer. Wenn I mit jues starke Bitt de Zement tweiknaueln koenen, denn nehm ik de Steens weg." Ehrer he bet tein tellen kann, sünd dar Dusende vun Pissmieren an't Wark. Dat duert nich lang', denn is dar en Lock, groot nugg, dat dar en Minsch dör kann. De Mann bedankt sik bi de Pissmiern un gifft se nochmal wat to freten un to supen.

He krüppt dör dat Lock un kümmt na en Huus, dar klingelt he. De de Dör upmaakt, dat is sin Fruu. He will ehr um'e Hals fallen, man se wiest up en Mann, de liggt dar un slöppt. „Kiek dar", seggt se, „dat is de Mann ahn Seel. Un so lang' as he sin Seel nich wedderhett, bün ik an em bunnen."

„Man wonem is sin Seel denn?" fraagt he.

„Hör guut to", seggt se, „in'e See, dar drifft en grote Tunn mit ieserne Bänner. In de dare Tunn sitt en lütte Vagel, un de Vagel hett en Ei bi sik. In dat Ei sitt de Seel vun de Mann ahn Seel. Dat dare Ei mutt ik hebben."

De Mann geiht dal na de Strand, man narms kann he de Tunn wies warrn. Verdreetlich sett he sik dal. He gloovt dar nich an, dat he de Tunn finnt. Do ward he mitmal an de Fisch denken, de he hulpen hett. Un do röppt he: „König vun de Fisch, ik heff ju hulpen, nu help I mi uck!"

Keen twee Minuten later kümmt dar en grote Fisch answümmen. „Wat steiht to Deensten, min Fründ?"

„In de See drifft en Tunn, de is mit ieserne Bänner beslaan. De mutt ik hebben. Woe'n I mi de söken?"

„Wiss doch, min Fründ", seggt de Fisch. De Mann sett sik dal up'e Strand un luert. Stunnen vergahn, un bi lütten ward he de Moot verleern, do süht he, wied buten bewegt sik wat in't Water. He kann nich recht klook kriegen, wat dat is, man as dat neeger rankümmt, süht he en grote Tunn, de ward vun Dusende vun Fisch na de Küst schaven. Vörut swümmt de grote Fisch. As de Tunn dicht bi de Strand is, dreiht de grote Fisch sik um un gifft de Tunn en düchtige Klaps mit'e Steert, dat 'n rupflüggt up'e Strand. De Mann bedankt sik bi de Fisch un gifft se gau nochmal wat to freten.

Dat is jüst so, as sin Fruu seggt hett: en grote Tunn mit Iesenbeslag. Man wodennig schall he de Tunn upkriegen? He haut dar up mit de Füüst, he stampt dar up mit'e Fööt, smitt dar Steens up, man de dicke holten Tunn blifft dicht. Trurig sett he sik dal up'e Strand. Upmal ward he an de Köh denken, de he hulpen hett. De schullen doch mit se Hoorns de Tunn upkriegen koenen. Do ward he ropen: „Königin vun de Köh, ik heff ju hulpen, helpen I mi nu uck?"

Un foorts kümmt dar en grote Koh anlapen, de röppt: „Wat steiht to Deensten, min Fründ?"

„Ik heff hier en sware Tunn, 'nem en lütte Vagel in sitt. Ik kann de Tunn nich upkriegen. Koenen du un din Frünnen mal mit ju's Hoorns dargegen stöten, denn schall dat sachs gahn." – „Wiss doch, min Fründ", seggt de Koh un stellt de Köh an beide Ennen vun de Tunn up. Upmal lopen all de Köh to lieker Tied up'e Tunn los. De Borm un de Deckel warrn rutstött, un de lütte Vagel verswinnt rup in'e Luft.

De Mann bedankt sik bi de Köh un gifft se nochmal wat to freten un to supen, man för em sülven süht dat düüster ut. Ward he sin Fruu jichens nochmal wedderseh'n? He het so vel Mars hatt un finnen de Vagel, un nu is 'n utneiht.

Do ward he an de Vageln denken, de he hulpen hett, un he röppt: „König vun de Vageln, ik heff ju hulpen, nu kumm un help mi uck!" Kort darna kümmt dar en grote Vagel anflagen, de röppt: „Wat steiht to Deensten, min Fründ?"

„In'e Luft flüggt en Vagel, de hett en Ei bi sik, dar is de Mann ahn Seel sin Seel in. Woe'n I de dare Vagel vör mi söken?" – „Wiss doch, min Fründ." He sett sik dal un luert af. Dat duert lang', bet he wied weg wat wies ward in'e Luft, dat treckt as en Wulk an'e Sünn vörbi. As dat neeger rankümmt, süht he, dat sünd Dusende vun Vageln. Vörweg flüggt de grote Vagel, de hett in'e Snabel en lütte Vagel. De Mann nimmt de lütte Vagel faat, bedankt sik bi de Vageln un gifft se nochmal wat to freten un to supen.

Denn kriggt he sin Mess rut, snitt de lütte Vagel de Buuk up un haalt dat Ei dar rut. He geiht torügg na sin Fruu, de nimmt dat Ei fast in'e Hand un haut dat up'e Mann ahn Seel sin Vörkopp twei. Sodennig kriggt de Mann sin Seel wedder, un de Fruu is er-löst.

De Königssoehn, de de Spraak vun de Deerten lehrt hett

Dar is mal en König we'n, de hett man een Soehn hatt. Nu hett he wullt, dat de Soehn all de Klookheit hett lehren schullt, de nödig is för un drägen de Kroon mit Ehr, un darum hett he em up de aller-beste Scholen in't Utland schickt. Man as de Soehn up de Scholen studeert, kümmt he to de Insicht, wat he dar lehrt, is nich dat Richtige, un do hollt he up mit Studeern. Upletzt lannt he baven in de Bargen bi en Eremit in en Höhl, un vun em lehrt he de Spraak vun de Deerten. Un as he de Spraak vun de Deerten kann, geiht he t'rügg na sin Vadder, un de fraagt em, wat he dar in't Utland up all de Scholen an Klookheit lehrt hett. Up'e Scholen, seggt he, dar hett he nix anners lehrt as Ungerechtigkeit, man dat Klöökste, wat he lehrt hett, dat is de Spraak vun de Deerten. Do ward sin Vadder so vergrellt, he jaagt sin Soehn foorts ut't Huus. Un de junge Mann treckt mit en Flock Schaap na de Heid.

Man in de Tied, as he sik in'e Heid upholen deit, gifft dat Krieg, un sin Vadder sin Riek ward vun en frömde König oeverfullen, de dat Stück för Stück an sik ritt, bet upletzt de König sin eegne Stadt inslaten ward. Un as de König keen Utweg mehr süht, schickt he heemlich Baden dör't heele Riek un lett nafragen, um dar een klook nugg is, dat he dat Land ut düt Elend erlösen kann. Do schickt de Soehn vun de Heid en Duuv na sin Vadder mit en Breev, dar steiht in, dat em blots de Deerten noch helpen koenen und dat he man afluern schall.

De junge Prinz will de Krieg winnen, ahn dat et Doden gifft. He schickt Lüüs un Flöh hen, se schoe'n de Fiend sin Suldaten so dull bieten, dat se nich mehr weeten 'nem hen. He schickt de Vageln hen, se schoe'n oever de Lagers fleegen un in all de Watertunnen schieten, dat dat Water nich mehr to drinken is. He schickt de Pissmieren[1] hen, se schoe'n all en Drüpp Water mitnehmen un in de Pulverfoet krupen, dat dar nich mehr schaten warrn kann. He schickt de Wausen[2] hen, sodraa as een vun de Fiend sin Suldaten en Wapen in'e Hand nimmt, schoe'n se em sodennig steken, dat sin Ogen dicht gahn un he nich mehr kieken kann. He schickt Untüüg hen, dat schall in de Mehlfoet krupen, dat dar keen Broot mehr backt warrn kann. He schickt Müüs un Rotten hen, se schoe'n de Rest vun'e Proverjant upfreten. Un de Noot in dat frömde Lager ward so groot, dat se sik ganz fix afglieden, oever de Grenz, un de Stadt vun de Prinz sin Vadder is wedder friemaakt.

As de Fiend sik t'rüggtrocken hett un de Königstadt is wedder frie, lett de König en Uproop rutgahn an de Mann, de em en Breev schickt hett. Do kümmt de Prinz torügg un vertellt sin Vadder, he is dat we'n, de mit de Hülp vun'e Deerten dat Königriek vun de Fiend erlöst het. Un sin Vadder kriggt so'n hoge Meenen vun em, dat he afdankt, un de Sohn ward sin Nafolger. Un he regeert sin Riek mit so vel Klook, dat dat Land upblöht un all de Lüüd tofreden sünd. De Deerten hett he ümmer noch in sin Deenst un kann mit se snacken. He schickt se as Baden dör't Land, un se bringen em vun alle Kanten Bescheed. He kriggt al in vörut Bericht, wenn dat darna utsüht, dat de Aarn nix ward, un denn kann he noch to rechte Tied ingriepen. In'e Winter laten de Raven em

---

[1] Pissmieren = Ameisen
[2] Wausen = Wespen

weeten, wenn dar Wülf vun annerwegens her up'e Weg sünd. Un denn schickt he sin eegne Wülf hen, un de besnacken de anner Wülf, dat se nich in't Land infallen.

As de junge König soeven Jahr regeert hett, blifft de Paapst in Rom doot, un de König sin Klookheit is so groot, dat sin eegne Volk em as nüe Paapst vörsleit. Man as he na Rom kümmt, woe'n se em dar eerst gar nich to de Wahl tolaten. Man as se denn in'e Saal tosamenkamen sünd, 'nem de Paapst wählt warrn schall, do flüggt dar en witte Duuv dör't Finster rin un sett sik bi de König up'e Schuller. Un upmal sünd se dar all vun oevertüügt, de Hillige Geist is oever em kamen, un he ward to Paapst wählt.

Soeven Jahr blifft he in Rom, un in all de Jahren hebben se in dat Land, 'nem he herkümmt, keen König. As de soeven Jahr rum sünd, is he upletzt to de Insicht kamen, all dat, wat he sik vörnahmen hett, dar kümmt nix na, de Ungerechtigkeit un de Unfreden mang de Minschen is eenfach to groot. Do haut he in'e Sack as Paapst, un he geiht wedder torügg na sin Land un ward dar wedder König.

Man as he sik in sin Riek umkieken deit, do ward he wies, in de soeven Jahr, de he Paapst we'n is, is all dat, wat he vörher upbuut harr, dör Rachgier, Haat un Afgunst vun de Minschen wedder toschannen gahn. De Elenden, Süken un Swacken liggen in de Straten rum un warrn nich hulpen, de Wittfruuns warrn beklaut un de Weesen[1] verhungern, de Koop-lüüd gahn mit Lugg un Bedrugg to Wark, de Rieken warrn ümmer rieker un de Armen ümmer ärmer. De

---

[1] Weesen = Waisen

König kümmt to de Insicht, bi so vel Slechtigkeit mang de Minschen kann keeneen rechtschapen existeern.

Do dankt he af as König un treckt wedder mit sin Flock Schaap na de Heid. De Deerten sorgen för sin Eten un Drinken un wat he anners noch nödig hett, un bet an sin Dood is he Schäper in'e Heid bleven.

Warum de See solt is

Vör lange, lange Tied sünd dar mal twee Bröder we'n. De eene is riek we'n, de anner arm. Mal um Wiehnachten rum geiht de arme Broder hen na de rieke Broder för un fragen um wat to eten. Do seggt de rieke Broder, he kann en ganze Koh kriegen, wenn he achterher doon will, wat he em denn seggen deit. De arme Broder will ja geern en Koh hebben, un he verspricht, he will doon, wat sin Broder seggt. De arme Broder kriggt sin Koh, un de rieke Broder seggt: „Scher di na de Höll." Wenn so'n Groffsack dat vundaag to di seggt, denn weetst du, de anner meent, du scha'st afhau'n un nich wedderkamen. Man to de Tied is dat Schimpen noch gar nich begäng' we'n.

Do deit de arme Broder denn jüst dat, wat sin Broder seggt hett un löppt würklich hen na de Höll. Man he weet ja gar nich, wonem de Höll is, un do löppt he dör en grote, düüstere Holt. Upmal süht he en ganz helle Licht un denkt, dar mutt de Höll we'n. He süht dar de Doorwächter stahn mit en griese Baart un fraagt em, um dar de Höll is. De Mann seggt: „Ja, wiss is hier de Höll. Ik seh, du hest en Koh mitbröcht, Köh sünd böös knapp in'e Höll. Wenn du rinkümmst, warrn se all na di henkamen un woe'n de Koh kopen. Ik raa' di, verkop 'n nich för Geld, man fraag um de ole Handmoehl. Wenn du denn wedder rutkümmst, vertell ik di, wat du darmit maken kannst un wodennig 'n funkschoneert."

De arme Broder bedankt sik bi de Mann un löppt rin in'e Höll. Un jüst so, as de Mann dat al vörherseggt hett, kamen all de Düvels hen na em un fragen, um he will de Koh verkopen. De arme Broder maakt se klaar, he will nix hebben as de ole Handmoehl. De

Düvels versöken un besnacken em, he schall 'n doch so, as dat begäng' is, för Geld verkopen, man de arme Broder blifft darbi, he will de Handmoehl hebben. Upletzt kriggt he denn richtig sin Moehl un löppt dar rut mit ut'e Höll un wedder hen na de Doorwächter.

De Mann verklaart em, wodennig he de Handmoehl bruken schall. De Moehl mahlt allens, wat de arme Broder seggt. As he na Huus kümmt, röppt sin Fruu vergrellt, warum he so laat kamen deit. Dar is doch nich wieder wat bi, meent se, un lopen even mal hen un torügg. Se hett sik böös Sorgen maakt. Man he seggt heel ruhig, se schall sik man mal ankieken, wat he dar hett, un he mahlt eerst wat to eten un to drinken, denn en Dischdook un wecke Lichten. De Fruu kickt un weet gar nich, wat se seggen schall, un se fraagt, wo he darbi kümmt. Ehr Mann antert, dat is ja eendoont, wonem dat herkamen deit, man dat helpt se ut'e Armoot.

En paar Daag later geven se en Festeten, se hebben nu ja allens, wat se woe'n, un dat schall fiert warrn. De rieke Broder is uck inladen un is bannig afgünstig. He günnt sin Broder dat nich, dat de nu noch rieker is as he sülven. Un darum fraagt he em uck, warum he upmal so riek is. De Broder will ja eerst nich rut mit'e Spraak, man later an'e Avend, as se all en lütte een in'e Kroon hebben, do vertellt he dat doch. Sin rieke Broder seggt, he schall em de Moehl doch verkopen, man dat will he nich. Do sleit de rieke Broder vör, he will de Moehl to Fröhjahr kopen. Dar is he, de vörmals arme Broder, mit inverstahn.

To Fröhjahr köfft de Broder denn de Handmoehl för dreehunnert Goldstücken. He denkt, he will mal en leckere Supp för sin Fruu maken. He seggt to de Moehl: „Maak Supp", un de Moehl deit dat. Man sin

Broder hett em nich vertellt, wodennig he de Moehl afstellen schall. De Moehl geiht bi un maakt Supp, un as de Tellern vull sünd, maakt de Moehl noch ümmer wieder Supp. He rennt gau na sin Broder un seggt, he schall de Moehl doch man jo un jo t'rügg-nehmen. Sin Broder seggt, he nimmt 'n blots wedder för nochmal dreehunnert Goldstücken. Do betahlt he nochmal dreehunnert Goldstücken, un sin Broder nimmt de Handmoehl t'rügg.

He levt lang' un is so riek, he stinkt vör Geld. Mal kümmt dar en Schipper na em. De Schipper fraagt, um he kann de Moehl kopen, denn bruukt he ja keen Solt mehr laden. Eerst will he nich, man upletzt verköfft he 'n doch för dusend Goldstücken. Do is he riek nugg för sin ganze Leven.

De Schipper löppt gau weg, he is bang', de anner will 'n doch noch wedderhebben. De Schipper weet nu ja nich, wodennig he de Moehl ansmieten schall, man he röppt 'n doch to, 'n schall Solt mahlen. As dat Schipp vull is mit Solt, do hollt de Moehl ja nich up, de mahlt ümmer wieder. Do ward de Schipper füünsch un smitt de Moehl in'e See.

De Moehl mahlt ümmer noch, un dar kümmt dat vun, dat de See so solt is.

Vun de Jung, de en Swaartvull kregen hett

Dat is in dat dare wunnerliche Jahr we'n, as in'e Februar de Kälver up't Ies in'e Runne danzt hebben. Denn is dar en warme Sommer kamen, un toletzt is dat Harvst wurrn, un do hett en Jung to Holts gahn schullt för sin Mudder un sammeln Brennholt. As he nich nugg Holt t'rüggbröcht hett, hett he en düchtige Swaartvull kregen mit en dicke Stock, de hett se ümmer p'raat stahn hatt achter de Dör.

Mal hett de Jung ölven Mallers[1]. He schall wedder to Holts, man statts dat he Holt sammelt, spelt he um Mallers mit de Jung, de de Köh wahren schall. He verleert sin ölven Mallers, un Holt un nehmen mit na Huus hett he uck nich. Do sett he sik dal an'e Kant vun'e Weg un blarrt. Do kümmt dar en feine Kutsch anfahrt un hollt an bi em. Warum he denn so blarrn deit, fraagt de Herr, de in de Waag sitten deit. – He hett keen Holt sammelt, seggt he, un nu is he bang, he kriggt en düchtige Jackvull vun sin Mudder. – Um dat allens is, seggt de Herr. Denn schall he man mit em kamen, he will em sovel Holt geven, as he man drägen kann. – Ja, denn will he woll mitgahn, seggt de Jung un stiggt in'e Waag.

As se lang', lang' fahrt sünd, kamen se an en apene Plack in't Holt, un dar hollt de Kutsch an. Up de dare Plack liggt en grote Steen. Do seggt de Herr to de Jung, wenn he doon will, wat he em seggt, denn so schall he en Barg Holt kriegen. – Ja, seggt de Jung un luert al vull Ungedüür, wat de Herr em updrägen ward. He will de dare Steen up Hoochkant

---

[1] Maller = Marmel, Murmel

stellen, seggt de Herr, un de Jung schall dalstiegen in'e Keller dar ünner. He mutt denn dör dree Kamern gahn. In'e eerste hört he en feine Gesang, man sehn deit he keeneen, seggt he. In'e tweete Kamer süht he twölf Lütte Lüüd mit rode Mützen, de danzen dar. De warrn em fragen, um he mit se danzen will, man he dörv jo nich antern, keen Woort dörv he seggen. Toletzt kümmt he in'e drütte Kamer, dar stahn up en Disch twee Lampen, de eene blenkert un de anner is rustig. De rustige Lamp, de schall he mitbringen.

De Jung stiggt de Trepp dal un süht un hört, wat de Herr seggt hett. Man statts de rustige nimmt he de blenkern Lamp mit, denn he denkt, he will sik doch nich de Hänne schietig maken an dat dare ole rustige Ding, wenn dar so'n feine een steiht un blitzt un blenkert. Man as he an'e Dör kümmt, denkt he bi sik, he mutt man doch de rustige Lamp uck mitnehmen. Een kann ja nich weeten, wat dar noch passeert. As he wedder bi de Steen is, stellt de Herr de Steen hoochkant. He schall em de rustige Lamp geven, seggt de Herr. Eerst schall he em rutlaten, seggt de Jung. – Wenn he em nich foorts de Lamp gifft, lett he de Steen fallen, seggt de Herr. – Wenn he em nich rutlett, gifft he em de Lamp nich, seggt de Jung

De Herr lett de Steen fallen, un de Jung hört de Kutsch wegfahren. Nu sitt he dar un is insparrt. Do denkt he, um de dare ole Lamp nich jüst so blenkern kann as de anner. He kriggt sik en Handvull Sand vun'e Trepp un rifft dar oever de Lamp mit.

„Wat verlangt de Herr?" seggt dar en Stimm. De Jung hett dat nich recht verstahn un rifft wieder.

„Wat verlangt de Herr?" seggt de Stimm nochmal. He will dar geern rut, seggt de Jung. In desülve Ogenblick steiht he buten in't Holt. He nimmt wat Eerde un rifft nochmal oever de Lamp. „Wat verlangt de Herr?" fraagt de geheemnisvulle Stimm wedder. Dat he up'e richtige Weg na Huus kümmt, seggt he. Foorts is he up'e Weg. Nu geiht de Jung na Huus to. Man as he meist dar is, denkt he, sin Mudder gifft em sachs wedder en Swaartvull, un he rifft nochmal oever sin Lamp. „Wat verlangt de Herr?" fraagt de Stimm.

He will geern en grote Büdel mit Geld finnen, seggt de Jung. Sin Wöör sünd noch nich afköhlt, do liggt dar al en Geldbüdel randvull mit Goldstücken.

As sin Mudder em ankamen süht ahn Brennholt, will se sik al un umdreihn un na ehr Stock langen. Man de Jung wiest ehr sin Büdel mit Goldstücken, un mit een Slag ward se ganz anners: Do is he upmal de Allerbeste. Dat Geld is för ehr, seggt he to sin Mudder.

De Jung verstickt sin Lamp ümmer ganz akraat achter de Dör vun sin Slaapkamer. Na wecke Tied hett he denn de Näs vull vun dat fule Leven, denn Holt mutt he ja nich mehr sammeln, dar is nu Geld nugg för un kopen Brennholt. Un een Dag seggt he to sin Mudder, he will up Reisen gahn. Denn nimmt he sin Lamp un treckt afste'.

Na wecke Tied kümmt he in en grote Stadt togang', dar sünd oeverall Plakaten: De de Königsdochter darto bringen kann, dat se na em hen kümmt un em en Söten gifft, de schall ehr to Fruu hebben. He geiht hen na dat Slott un süht de Königsdochter, man se kickt em man wat twerig an, so suer, as wull se em upfreten, man he rifft mal oever sin Lamp, un do steiht se bi em un gifft em en Söten. Will de König nu gerecht we'n, denn mutt he ja sin Woort holen, un dat deit he uck.

Ehrer acht Daag rum sünd, ward Hochtied maakt twischen de Brennholtsammler un de Königsdochter. Sin Swiegervadder seggt, wo se sin Naam ja nich kennen, woe'n se em Luten nömen. Un he will för em un sin Fruu en feine Slott buun laten. – Och, seggt Luten, dat deit nich nödig, morrn steiht dar för em en prachtvulle Slott. – Wat? seggt de König, he süht nich Holt, nich Kalk un nich Steen, un morrn schall dar al en Slott stahn? – Ja, seggt he, un dat schall en heel besünnere Slott we'n.

Um Middernacht steiht Luten up, nimmt en beten Sand un rifft oever de Lamp. „Wat verlangt de Herr?" fraagt de geheemnisvulle Stimm wedder. Dar schall en prachtvulle Slott stahn, seggt he, dat schall up veer demantene Pielers stahn un mit gollne Keden in'e Luft hängen, un dar schall en sülverne Trepp we'n för un gahn rin. He hett dat knapp utspraken, do is dat Slott al dar, un Luten geiht wedder to Bett.

As he de neegste Morrn upsteiht, fraagt he sin Swiegervadder, um he mit will un kieken sin Slott an, un he lacht darbi. – Ja, foorts, seggt sin Swiegervadder, un se maken sik mit'nanner up'e Padd. Un ja! Dar steiht en prachtvulle Slott up veer demantene Pielers, dat hängt mit gollne Keden in'e Luft un dar geiht en sülverne Trepp hen. Keeneen truut sik un gahn up de dare Trepp, so bang sünd se un maken 'n schietig. Luten un sin Fruu trecken denn in dat dare Slott in.

Mal, as Luten utfahrt is in sin Kutsch, mutt de Deenstdeern wat besorgen. An'e Strateneck hört se een ropen: „Nüe Lampen för olen! Nüe Lampen för olen!" Foorts löppt de Deenstdeern na Huus. Dar is en Mann, seggt se, de röppt: „Nüe Lampen för olen!" Dar baven hängt doch so'n schietige, rustige Lamp, meent se, um se de nich intuuschen schoe'n för en nüe een. – Se schall 'n man gau mitnehmen, seggt de Fruu, anners is de Mann noch weg.

As de Deern bi de Mann ankümmt, kennt de foorts de afsünnerliche Lamp, denn dat is jüst de Keerl, de de Jung in'e Keller stüert hett för un halen de Lamp. Do wünscht de Mann, de Keerl, de de dare Lamp bruukt hett, schall sik winnen vör Wehdaag. Do fallt Luten in sin Kutsch vun'e Bank un winnt sik vör Wehdaag. De Kutscher ward dat wies un lett sin Perde noch gauer lopen. As se na dat Slott kamen, maakt he de Dör vun'e Kutsch up, man Luten kann dar nich rutkamen vör Wehdaag. Sin Fruu kümmt anscheest, man he kann nix as fragen, wonem sin Lamp is, wat se mit sin Lamp maakt hebben.

Upmal kümmt dar en Katt ünner de Kutsch rut. Um se schall de Lamp wedderhalen, fraagt de Katt, de steiht in'e Dünen an'e See. Foorts löppt de Katt weg, un en paar Ogenblicken later is 'n wedder dar mit de Lamp. Luten hett jüst noch nugg Knoev un griepen sik wat Sand un rieven dar oever de Lamp mit. „Wat verlangt de Herr?" lett sik de Stimm wedder hören. Dat he wedder risch ward, seggt Luten. Foorts is he gesund.

För un fiern, dat Luten wedder risch is, gifft dat in't heele Land Festen. An elkeen Strateneck in'e Stadt ward en Tunn Beer in Schieven sneden, en düchtige

Schink tappt, un de Klocken scheeten, un de Kano-
nen lüden. Un ik bün dar henlapen, dat ik uck wat
afkreeg, man do heff ik en Schubbs kregen, dat ik
hier up düsse Stohl flagen bün.

Holle Bolle Jan

Dar is mal en rieke Herr we'n, de hett hört, Holle Bolle Jan kann so gresig vel eten. Man he denkt, dat is sachs oeverdreven. Do ward Jan Knecht bi de Herr. Nu will de em foorts up'e Proov stellen. Se hebben jüst en heele Schaap braden, un de Herr seggt to de Deern, se schall Jan dat heele Schaap vörsetten, un se schall uck seggen, he kann so vel Brood to eten, as he mag.

Do itt he tein Bröde up mit dat heele Schaap darto. Mehr is dar nich, man dat langt Jan noch nich. De Deern geiht na de Herr un vertellt em, wodennig dat gahn hett. Wat, röppt he, tein Bröde un en heele Schaap, un denn langt dat noch nich? He seggt to de Deern, Jan schall foorts na em henkamen. Vun de dare Knecht mutt he af, de stickt ja de heele Buerstä' in sin Halslock. Holle Bolle Jan kümmt denn ja an bi em. De Herr fraagt em, um he nich hett nugg kregen. Nee, seggt Jan, he is noch nich satt. Na, seggt de Herr, se hebben uck jüst en Oss slacht't, un wenn he meent, he kann, denn so schall he de man uck noch mit verdrücken.

Do geiht Jan bi un itt de heele Oss up. Do ward de Herr dull un jaagt em weg. Wenn he nix anners kann as freten, denn schall he tosehn un hau'n af, seggt he.

Jan will eerst nich weg ahn Geld, man denn denkt he, een Oss, een Schaap un tein Bröde, dat is för een Dag Nixdoon uck sachs nugg, un he maakt sik up'e Reis. He löppt dör en grote Holt, un dar bemött he en ole Fruunsminsch mit en grote Korv vull Plummen un en anner Korv vull Kees.

Dar hett Holle Bolle Jan uck woll noch Lust to. He fraagt de Oolsch wat de twee Körve vull kosten schoe'n. Veer Daler, seggt se. – Wat, seggt he, veer Daler? Dat itt een, de dar Lust to hett, doch allens up eenmal up. – Wenn he dat kann, seggt se, denn kann he se för nix kriegen. Do sett Jan sik darbi dal un itt een, twee, dree allens up.

To ward de Fruu blarrn. „Höh, höh, höh", seggt Jan, „wat denn nu? Wat blarrst du denn?" – Och, seggt se, dat Geld, wat se mit de Plummen un de Kees verdeenen wull, dat hett se so dull nödig, dar hett se en Tunn vör kopen wullt. – Denn schall se man mal mitkamen, seggt Jan, he kriggt rein Mitleed mit ehr. He will dar för sorgen, dat se en düchtige Tunn kriegen deit.

Do gahn se hen na en Küper, de Tunnen un Foet to verkopen hett. Dar fraagt he, wat so'n Tunn kosten deit. – De grote Tunn kost't veer Daler, seggt de Küper. – Wat, seggt Jan, dat schall en grote Tunn we'n? De schitt en düchtige Keerl doch up eenmal vull! – Wenn he dat kann, seggt de Küper, denn kriggt he 'n för nix. Do sett Jan sik dar up un schitt 'n mehr as vull. De Küper knippt sik de Näs dicht un löppt ut'e Dör, man de Oolsch kriggt richtig ehr Tunn.

De unverfehrte Bäckergesell

Dar is mal en Bäckergesell we'n, de is vun sin Meister rutsmeten wurrn. Keen Stä' finnt he en Dack oever de Kopp, un darum maakt he sik up'e Weg na de Stadt. Ünnerwegens kümmt he in en grote Holt togang', dar is keen lebennige Seel in to sehn. Na lange Rumwannern hört he upmal wat jammern. Dat hört sik an na en Fruunsminsch. He maakt sik up'e Söök. Dat Klagen ward luder, un dat schient, as wenn dat ut en lütte Lock in'e Grund kümmt. „Wat mag dat bedüden?" denkt de Jung, Jan heet he. Un he böögt sik nieschierig dal oever dat Lock. „Wokeen huult dar sodennig?" – „O, o, o", jault de Stimm ut de Deepde, „wokeen du uck büst, erlös mi! Ik bün en Königsdochter! Twölf leege, achtertücksche Rövers hebben mi wegslept! Bi en paar Daag schall ik lebennig braden un upfreten warrn. Erlös mi! Ik gev di min Hand un allens, wat ik heff!" – „Ja, ik warr di al ruthalen", begööscht Jan de stackels Deern un denkt: „Wenn ik man wusse, wodennig ik in dat dare Lock rinkamen kann." He kickt so um sik rum un ward en grote Steen wies, dar sünd twee Dodenköppe up afbild't. Knapp hett he en Foot up'e Steen sett, do bimmelt dar en lütte Klock, un de Steen kantet sik um.

De Bäckergesell steiht nu in en deepe, ünnereerdsche Keller. Ut en düüstere Gang kümmt em en ole, grimmige[1] Wiev in'e Mööt. „Haha, noch een för unse Festeten!" schrachelt se un beluert Jan.

Man de Jung is keen Bangbüx un verlangt unverfehrt, he will mit de Hauptmann snacken, he will sik

---

[1] grimmig = hässlich (dän. grim)

an de Bann ansluten. Um he al jichens hett moord't
un brennt, fraagt de Röverhauptmann, as Jan vör
em steiht. „Um ik heff moord't un brennt?" seggt de
Jung mit en veniensche Grienen. „Mann, wegen so-
wat heff ik ja jüst ut min Land utneih'n musst!" –
„Denn kann ik di bruken", seggt de Hauptmann.
„Hör to, ünner wat för'n Bedingen ik di annehm.
Acht Daag lang geihst du mit de Bann mit up all
Toeg. Wenn du di in de Tied düchtig anstellst, stell
ik di up lieke Foot mit de annern."

Jan is so fix bi't Stehlen, un he geiht so handfast up
los, wenn't Hauerie gifft, binnen dree Daag hett he
elkeen sin Vertruen un gellt as de gröttste Waaghals
vun'e heele Bann, de vör de Düvel nich bang' is. He
is tofreden mit em, seggt de Hauptmann, he is en
fixe Keerl un he kann up em tellen. He bruukt een,
seggt he, de nich bang' is un up se's Schuulstä' up-
passen deit, wenn se up Roov ut sünd. De dare Up-
gaav leggt he up Jan sin Schullern. – „Inverstahn",
seggt Jan un lacht sik in'e Fuust, denn dat is ja
Water up sin Moehl. „Hör guut to", seggt de Haupt-
mann wieder. „Wi holen hier en Königsdochter fast,
de schall anner Wuch dootmaakt un upeten warrn.
Ehr Vadder – de König – sin beste Suldaten sünd
up'e Söök na ehr. Darum hol din Ogen apen. Denn
wenn de Deern friemaakt ward, denn hett din letzte
Stunn slaan." – „Laat se man kamen", seggt Jan un
ballt sin Füüst, „ik will se warm willkamen heeten."
Un för un geven sin Wöör mehr Nadruck, geiht he bi
un sliepen sin Mess. Süh, dat mag de Hauptmann
lieden.

Man de neegste Dag sünd de Rövers noch keen halve
Stunn weg, do haut Jan de ole Hex doot, snitt ehr in
Stücken un stoppt de in'e Ketel oever dat Füer. Denn

maakt he de Königsdochter los. Dank, velen Dank, süüfzt de Königsdochter un schüfft em en gollne Ring up sin Finger. De Jung böhrt ehr up un neiht mit ehr ut, weg vun de Röverhöhl.

As de Rövers na Huus kamen, finnen se vun de Königsdochter un vun Jan keen Spoor. Un vun de ole Hex is uck meist nix mehr na. Do warrn se so gresig schimpen, dat et wied in'e Umgegend to hören is. „To Perd, Lüüd!" röppt de Hauptmann. „All to Perd. De Hallunk is mit de Königsdochter afhaut. De woe'n wi woll kriegen!" De Rövers springen in'e Sadel un in Galopp verswinnt de Bann in't Holt rin.

As de beide Utkniepers lang' lapen sünd, leggt de Bäckergesell – de kann sik ja denken, dat de Bann achter se ran is – do leggt he sik mit dat Ohr an'e Grund. „Perde", seggt he verschraken. „Ik hör Perde. Kumm, wi versteken uns hier in'e Büsche." Dat is uck hoge Tied. Beten later stüfft de Bann mit Schimpen un Bölken an se's Schuulstä' vörbi. „Vörwarts, Lüüd!" hören se de Hauptmann ropen. „Wi moeten se inhalen! Un denn schoe'n de mal wat beleven!" As de Gefahr vörbi is, gahn de Utkniepers se's Weg wieder. Dat ward bi lütten düüster, un narms en Huus, 'nem se Nacht blieven oder na de Weg fragen koenen. Toletzt kamen se an en grote See, dar liggt en Schipp vör Anker. Na vel Hen un Her kriegen se de Schipper besnackt, dat he se an Boord nimmt.

Man de Schipper hett foorts en Oog up'e Königsdochter smeten, un as he to weeten kregen hett, wat dat mit ehr un Jan up sik hett, lett he de Jung noch desülve Nacht oever Boord smieten. Denn mutt de Königsdochter em swören, se will em heiraden un to ehr Vadder seggen, he hett ehr rett't. Man Jan is wieldes up en Stück Drievholt an Land spöölt. He kroepelt sik wieder un kümmt dörchfraren un möö' up'e Kirchhof vun en Stadt togang'. He hett ja keen Geld för en Ünnerkamen, un do leggt he sik dal to slapen mang de Graffstä'n.

Man he hett sin Ogen noch nich dicht, do fahrt he wedder tohööcht, denn dar mang de Graffsteens swevt en witte Spöök, un en unheemliche Stimm klaagt: „O weh! O weh! Wokeen ward mi erlösen? Wokeen? Wokeen erlöst mi?" – „Ik", seggt Jan. Na allens, wat he belevt hett, kennt he keen Angst mehr. „Segg mi, wat ik doon mutt." – „Och, Fründ", antert de Spöök un kümmt neeger. „Ik bün to min Levenstied Bäcker we'n, un mit vel Mars un Plackerie heff ik en grote Barg Geld tohopenraakt. Man och je, ik heff mal een Schepel Mehl stahlen, un to min ewige Unglück bün ik dootbleven, ahn dat ik dat heff wedder guutmaken kunnt. In min Huus sünd dree Pütte mit Gold verstaken. Gah dar hen. Nimm hunnert Goldstücken för un betahlen för dat, wat ik nahmen heff, de Rest is för di." Denn wiest de Spöök em dat Huus, 'nem dat Geld verstaken is, un gifft em de Adress vun de Lüüd, de he de hunnert Goldstücken bringen schall. Jan deit up en Prick, wat de Dode vun em verlangt, un maakt denn de sin Bäckerie wedder up ünner sin eegne Naam.

Nu will de Tofall, dat in desülve Stadt de König wahnt, de sin Dochter Jan rett' hett. Un nich lang', do snackt de heele Stadt darvun, wo de smucke Deern up wunnerbare Wies rett' wurrn is, un dat ehr Hochtied ansteiht mit de Schippskaptein, de ehr friemaakt hett ut de Röverhöhl.

Man as de Hochtiedsdag bi lütten ümmer neeger kümmt, ward de Königsdochter ümmer blasser un bedröövter. Daaglang süüfzt se un gluupt ut dat Finster, man keeneen will se vertellen, wat ehr fehlt. Dat allens kümmt uck de Bäcker to Ohren, un he weet gau, wat he will. He kriggt de Palastkock besnackt, dat de all de Taarten för dat Hochtiedseten bi em bestellt. De grote Dag kümmt, de Hochtied ward holen, un de heele Hoff sitt tohopen bi en prächtige Festeten. De Nadisch ward rinbröcht. Een vun de Deeners bringt en feine Taart, dar is en smucke Deern up afbild't, anked't in en ünnereerdsche Kabuff un wahrt vun en gresige Hex. Elkeen bewunnert dat Kunstwark un laavt de Bäcker sin Fantasie.

Man de stackels Bruut seggt nix un süüfzt blots mal deep. Se begrippt, wat düt Bild bedüüd't. Schull ehr Retter, ehr wahre Leev, noch an't Leven we'n? En tweete Taart ward rinbröcht, un dar sünd twee Utkniepers up to sehn, de hebben sik in'e Büsche verstaken und kieken vull Bangen na en Flock Rüters. De Gäst laven düt Backwark noch mehr as dat eerste, man de Königsdochter ward blass un roegt sik nich. De drütte Taart ward updragen, un as se dat dare Backwark in Stücken snieden, liggt dar nedden in en gollne Ring verstaken. De ole König kennt de Ring foorts wedder, de hett he sülven vör lange Tied mal sin Dochter schenkt, un he verlangt en Verklaren vun düt Geheemnis. De stackels Bruut dörv ja keen Woort seggen un brickt in Tranen ut. Do ward de Kock rapen, un de König gifft em Order, he schall de Bäcker halen, de de Taarten levert hett. Jan treckt sin Röverplünnen an, dat he utsehn deit as an de Dag, wo he de Königsdochter befriet hett, un geiht na de Hoff.

As de Königsdochter em wies ward, schriet se luut up un smitt sik in sin Arms. „Wes mi nich böös!" röppt se. „Ik bün unschüllig. De dar hett mi dwungen", un wiest up'e Schippskaptein. Nu vertellt de Bäckergesell, wodennig he de Königsdochter funnen un befriet hett, wo de Hallunk vun Schipper em hett afsupen wullt, dat he sik sülven as Retter utgeven kann, un wo he sik anners keen Raat wusst hett as backen düsse dree Taarten, dat he up de Aart de Königsdochter weeten laten wull, dat he de Dood nochmal vun'e Schüpp sprungen is. De König lett de Bedröger foorts inschappen un gifft Jan de Königsdochter ehr Hand. De neegste Dag ward wedder en Fest fiert, noch grötter un prachtvuller as dat eerste Mal. Wieldes de Gäste sik plegen, ritt de Froon de Schippskaptein sin Tung rut un haut em in't Angesicht vun all Börgers de Kopp af.

De bedragene Düvel

Dar sünd mal en paar junge Lüüd we'n, de hebben in'e Kroog seten un Kaarten spelt. Dat is dar hooch hergahn, un een vun de Jungs – eegentlich is de gar nich so doesig, man he verleert ümmerto, eendoont wat för'n gude Kaarten he up'e Hand hett. Dat is, as wenn de Düvel mitspelen deit. Man denn kriggt he en ganz feine Blatt in'e Hand, un do seggt he wat oevermödig to de annern, dütmal koenen se em nix doon. He hett nu so'n gude Blatt, düt Spel winnt he ganz seker. Wenn he verleren schull, denn schall em de Düvel halen.

Dat is natürlich nich jüst plietsch un beropen de Düvel, een kann ja nie nich weeten. Un sodennig uck dütmal. Dat wiest sik, een vun sin Mackers hett noch betere Kaarten as de Jung, un wedder mutt he lütt bigeven. Sin Macker stickt em ümmer wedder oever, un he mutt wedder betahlen. Wieldes he dat en beten missmodig deit, vergrellt oever dat Mallör, wat em anhacken deit, do kloppt dat an'e Dör. As se „Rin!" ropen, steiht dar in'e apene Dör de Düvel un grient. He is dar henrapen wurrn, seggt he, he schall dar een halen, wenn de sin Spel mit'e Kaarten verleert. Na ja, dar is he nu. De Jungs verfehrn sik gewaltig, vör allen de, de so oevermödig we'n is un hett em rapen. „Nu mal en beten gau", seggt de Düvel, „ik heff doch nich ewig Tied. Kumm mit."

De Jung, de verspelt hett bi de Kaarten, kleit sin Kaartengröschens tohopen, een kann ja nie nich weeten, um een se noch bruukt, un deit se in en grote ledderne Knipptasch, de stickt he in'e Tasch. „Na, wenn dat denn we'n mutt, denn mutt dat woll", seggt he. He seggt sin Mackers adjüs un geiht mit de

Düvel mit. De annern blieven verfehrt torügg un denken, se sehn em sachs nie nich wedder.

As de Jung so achter de Düvel ranlöppt – dat is buten nich pickendüüster, af un to kickt de Maand achter de Wulken rut –, do oeverleggt he, wodennig he woll de Düvel oeverdüveln kunn. Grote Lust un gahn mit em mit hett he ja nich, un he is een, de de annern faken to slau is – bet up de dare Avend bi't Kaartenspelen.

He fraagt de Düvel, he hett hört, he kann allens, um dat wahr is. Natürlich, seggt de Düvel, he kann allens, darför is he ja Düvel. O, seggt de Jung, he harr dacht, dat weer man so'n beten Grootprahlen. Wiss un warraftig nich, seggt de Düvel wedder, he kann allens. He schall man seggen, wat he doon schall. Na ja, seggt de Jung, um he sik denn uck ganz groot maken kann, vel grötter as anner Min-schen, so as ... na, so as de Pappeln dar an'e Weg. In'e Maandschien glinstern de Bläder vun de Pap-peln un russeln in'e Avendwind. O, seggt de Düvel, dat kann he licht, un in en Ruffdi steiht dar en grote Pappelboom merrn up'e Weg.

De Jung kickt tohööcht, un he mutt sin Kopp wied in'e Nack leggen, so hooch is de Boom. He kann ja würklich wat, wunnerwarkt he, dat harr he nich dacht. Man nu süht he ja, he kann dat würklich. De Düvel maakt sik wedder lütt un wedder to en Minsch. He grient. „Sühst woll, ik kann allens", seggt he.

Se lopen en lütte Ogenblick wieder ahn Snacken, denn fangt de Jung wedder an. Dat mit de Pappel finnt he richtig dull, seggt he, man em dücht, dat is doch nich dat Swaarste. En beten recken, de Arms na baven holen un de Hals en beten länger maken, meent he, dat schel't al wat. Wenn he en beten öven dä, seggt he, denn kunn he dat sachs uck. Man lütt maken, ganz lütt maken, dat dücht em vel swarer.

De Düvel argert sik en beten, dat de Jung so minnachtig vun sin Kunst snacken deit, un seggt, natürlich kann he dat uck. He kann sik so lütt maken, as he will, seggt he, he schall man seggen, wat he doon schall. Na ja, seggt de Jung, denn schall he sik doch to'n Bispill so lütt maken ... so lütt as en Maller[1].

Foorts rullt dar al en Maller up'e Weg. De Jung langt gau to, hett de Maller in'e Hand un stickt 'n in'e Knipptasch, de he in'e Tasch hett. He maakt de Knipp akraat to, un wo de Versluss oeverkrüüz to is, kann de Düvel dar nich mehr rut. He raast un toovt, de Jung schall em frielaten, un he seggt em all Strafen ut'e Höll to, wenn he em nich foorts rutlett. Man de Jung kloppt blots mal up dat Ledder vun'e Knipp un seggt: „Bliev du dar man fein in sitten. Ik heff di fein fungen. Nu gah ik t'rügg na min Mackers, un denn woe'n wi mal sehn, wat wi mit di maken."

Ganz geruhig stickt he de Knipp in'e Tasch un löppt t'rügg na de Kroog, 'nem he Kaarten spelt hett. So, seggt he, as he in'e Dör kümmt, dar is he wedder. Dar sitten sin Mackers un de Kröger noch un besnacken de Saak. Se weeten gar nich, wat se seggen schoe'n. He hett de Düvel fungen statts umwennt, seggt he, dar sitt he in, un smitt loesig sin Knipptasch up'e Disch. Un würklich roegt sik dar wat in, un dar kümmt Geschrei rut. Nu moeten se mal oeverleggen, seggt he, wat se mit em maken schoe'n,

---

[1] Maller = Murmel

denn wenn he em frie lett, denn grippt he em ja wedder, un denn geiht em dat natürlich nich so guut.

Se besnacken de Saak tohopen, un een kümmt mit de Vörslag, se woe'n de Düvel man eerstmal düchtig vermöbeln, dat ward em sachs wat afköhlen. Se halen sik foorts en feine dicke Knüppel, so'n Stang, 'nem de Wüst an in'e Schosteen hängt warrn, un denn kriggt de Düvel en Dracht Slääg, as he noch nie nich kregen hett. Se hau'n düchtig los up'e Knipptasch, de se up'e Disch leggt hebben, man se passen nipp up, dat se nich de Versluss drapen, dat de womoeglich upspringt. Eerst bölkt de Düvel ut'e Knipp so allerhand un drauht, he will se düt un he will se dat. Man dat duert nich lang', do jault he vör Wehdaag, denn dat sünd en paar stevige Bengels, de dar de Knüppel roegen. Do verleggt de Düvel sik up't Bedeln. He laavt se, he will se för wiss nix doon, wenn se em loslaten. Un uck de Jung, de em fungen hett, de schall dar so vun af kamen. Na ja, noch en paar düchtige Klapps up'e Knipptasch, un denn maken se de Versluss up. De Düvel schütt rut ut'e Knipp un flüggt dör de Schosteen na buten, as wenn he Füer in'e Büx harr.

Un he hett sin Woort holen, de Jungs is nix passeert, un se hebben em nie nich weddersehn. Man de Jung, de em rapen harr, de hett vun dar an doch beter up sin Wöör passt un hett em nie nich wedder rapen.

De Glückssteen

Vör lange Tied in en Land wied weg vun hier, man vellicht uck güstern in en Stadt hier heel dicht bi, is dar en Minsch langs en lange, breede Weg lapen. De Mann is Suldaat we'n in'e König sin Heer, oder vellicht is dat uck de Soldan sin we'n, is ja eendoont. De Krieg is vörbi, de Freden is ünnerschreven, un elkeen schall wedder bi sin dägliche Leven anfangen koenen.

De Mann is up'e Weg na Huus. Man dat ward en lange Reis, un he kümmt langs Stä'n, 'nem he noch nie nich we'n is. He treckt oever Strecken, 'nem keen Minsch wahnen deit, grote Sandflachen un dör frömde Städer. In de Gegend, 'nem de Mann nu löppt süht he bi lütten ümmer mehr Teekens, dat dar Lüüd wahnen. He süht wecke Hüser, Stücken Ackerland, un denn süht he uck Minschen. Man jichens wat is snaaksch an dat dare Land, ümmer wenn dar en Klott Hüser is, kümmt dar achter en Stück ganz ahn Hüser. Un denn wedder en Klott Hüser mit Stücken Land. Un denn wedder, un sodennig geiht dat en ganze Enne de Weg lang wieder. De Mann kümmt ümmer dichter bi en Stadt, dat markt he, denn de Klotten Hüser liggen ümmer dichter tosamen, un dat warrn ümmer mehr.

Dar sünd uck Minschen up'e Weg. Man de Minschen gahn nie nich alleen, ümmer in lütte Flocks, en paar tohopen. As he bi en Flock Lüüd langkümmt grötet he se fründlich, man se antern nich. Un wenn de Flocks Lüüd an'nanner vörbigahn, süht he, se gröten sik uck nich. Un uck de Lüüd, de up't Land arbeiden, gröten nich. Je mehr he sik umkickt, je snaakscher dücht em dat. Denn up'e eerste Blick sehn se all ut as gewöhnliche Minschen, man he ward wies, de Minschen vun een Flock sehn sik bannig liek. Se hebben all datsülvige Tüüg an, se hebben datsülvige Haar. Un sodennig is dat uck mit de Hüser, de Hüser vun een Klott hebben desülvige Form, de Dacken desülvige Klör. Un up't Feld wasst sogar desülvige Gröönkraam. Un as he noch genauer henkickt, süht he, de Lüüd, de up't Land arbeiden bi de Hüser mit gröne Dacken, de hebben grönliche Haar un hebben gröne Tüüg an. Un up't Land darbi wasst denn to'n Bispill blots Grönkohl.

De Lüüd sehn dar möö' ut un mager. De Hüser sünd oeverall verfullen. Un dat Land, uck wenn dar Planten up wassen, dat süht kahl ut. De Mann dücht, in dat dare afsünnerliche Land mutt dat vel Armoot geven.

Dat ward ümmer vuller langs de Weg, denn de Mann is nu heel dicht bi en Stadt. En Stadt – en Stadt … dat süht gar nich recht ut na een Stadt. Dat süht ut na veer, fiev, söss verscheedene lütte Städer. Klotten vun Hüser blangen enanner mit leddige Ladens un Warkstä'n. Dar is sachs mal wat vun en Markt we'n, man dat dare Flach is nu leddig un stoffig. Bi de Hüser sünd allerhand Minschen, man up dat frie Flach löppt keeneen. Uck hier in düsse Stadt mit lütte Städer süht he ümmer blots Saken vun desülve Klör bi'nanner.

De Mann hett en lange Reis achter sik, un he hett noch en lange Weg vör sik. He söcht en Stä' un ruh'n sik ut, un he will uck geern wat eten, denn he hett Smacht un sülven nix mehr in sin ole Suldatentasch. De Suldaat truut sik nich recht un gahn hen na een, denn he süht uck woll, de Minschen hier in düsse

Stadt mit lütte Städer hebben dat nich so dick. Un oeverhaupt, wenn he up een tolöppt, süht de dare Minsch to un gahn gau vörbi. Do sett de Suldaat sik dal merrn up'e Platz up wat, dat is fröher sachs mal en Bank we'n. He kickt sik mal um, he kickt na de Sünn, de hell vun'e Heven schient, un he denkt mal deep na.

Wieldes he dar so sitten deit, ward he ut'e Eck vun't Oog wies, ut elkeen lütte Stadt vun de Stadt mit lütte Städer kümmt dar en Kind up'e Platz droeteln. Ganz vörsichtig kamen se neeger. Un in'e Ogen vun'e Kinner ward he wat wies, dat hett he in'e Ogen vun'e Groten noch nich sehn: Se kieken wat nieschierig. Ahn een Woort to seggen blieven de Kinner en paar Meter vör em stahn un setten sik dal up'e Grund. Se snacken nich mit em, un al gar nich mit'nanner. Dar sünd Kinner mit gröne Haar un gröne Schoh un gröne Tüüg un Kinner mit rode Haar.

De Suldat snackt een vun de Kinner an, he seggt: „Ik heff Hunger, hebben din Vadder un Mudder vellicht wat to eten?" – „Och, wi hebben nich vel, wi eten man blots Wuddeln, dat sünd vun unse eegnen. Un wi dörven se uck nich an anner Lüüd geven." Un en anner Kind antert genau datsülve, blots dat dare Kind itt nix as Porre. Un bi noch en anner Kind to Huus, dar eten se nix as Tomaten un Zippeln. Wat anners gifft dat nich. De Suldaat kann sehn, de Kinner hebben uck Smacht.

Ut sin Ogenwinkels süht he, dar kamen uck utwussene Lüüd na de Kinner. Dat süht ut, as wenn se kamen för un halen de Kinner weg. Man uck hier süht he, dat se doch woll heel vörsichtig nieschierig sünd. Se kieken so na em. Un de Mann kickt na de

Minschen, he kickt an sik sülven dal, un do begrippt he dat: He hett en gröne Büx an, man en rode Jack, en witte Schaal, un sin Mütz is orangsch. Dat süht ut, as wenn de Lüüd denken: „Wo kann dat angahn, all de Klören an een Liev!"

De Mann steiht up, stellt sik up'e Bank un seggt: „Leeve Lüüd, ik kaam vun wied weg, un ik heff Smacht, man ik seh, dat hebben I uck. Un ik heff hier in min Suldatentasch en ganz besünnere Steen, dat is en Wunnersteen. De Steen heff ik kregen vun en ole kloke Mann, de hett mi vertellt, 'nem de Sünn schient, dar is woll alltied en Stä', 'nem dat Glück kamen kann. ‚Un bruuk dar denn de Steen', hett de ole kloke Mann seggt. Un mit de dare Steen kann ik en Putt vull Eten maken, vull Supp to'n Bispill. Un denn is dar nugg för all!" De Suldaat süht woll, de Lüüd gloven em nich recht, man he snackt ruhig wieder. „Hett dar mal een en Putt för mi?"

Een vun de Kinner rönnt na Huus, an sin Vadder un Mudder vörbi, un kümmt wedder mit en grote Putt. En anner Kind haalt Water ut'e Bek, de sik dar an de Stadt mit lütte Städer langslängelt. Un en drütte Kind sammelt Sprock. Un en veerte Kind maakt dar en lütte Füer mit. Dat is wieldes recht vull wurrn dar up'e Platz. De Lüüd stahn dar ganz unwennt dicht tohopen mit se's Flocks.

De Suldaat nimmt de Steen un deit 'n in'e Putt mit Water, de ward bi lütten dampen un kaken. Mit en Lepel probeert de Suldaat ut'e Putt. „Na, dat smeckt al ganz guut", seggt he fröhlich. „Dar mutt eegens blots noch en beten Solt an, denn is 'n sachs guut." Een vun de Kinner kickt sin Mudder an, man ahn wat to seggen rönnt he na Huus un kümmt wedder mit en lütte Fatt Solt. De Suldaat deit dat Solt in'e Putt, röhrt um un probeert nochmal. „Minsch, segg mal, de smeckt al guut. Dar schull blots noch wat Sötes an." En Kind mit orangsch'ne Haar rönnt na Huus un kümmt wedder mit en Handvull Wuddeln, al wat oold, man noch guut to eten. Nu nimmt de Suldaat en Lepel vun de Fucht un lett een probeern, de gröne Haar hett. „Ja", seggt de, „dat is al heel lecker, dar schull blots noch wat …" – „Porre!" röppt sin lütte Soehn, „Porre vun uns!" Un foorts rönnt he na Huus un kümmt wedder mit en lütte Bund gröne Porre. Nu sünd all de Lüüd dicht an'e Putt rankamen, un all probeern se. Un elkeen seggt: „Ja, lecker, man …" Un elkeen sorgt darför, dat dat in'e Supp rinkümmt, wat noch nödig is. De Putt ward ümmer vuller, un up'e Platz stiggt en feine Ruch tohööcht vun en leckere Supp.

„So, de Supp is klaar!" röppt de Suldaat. „Nu moeten wi 'n blots noch eten!" De Lüüd, Mannslüüd, Fruunslüüd un Kinner, rönnen weg un kamen wedder mit gröne Lepeln, gele Suppenkummen. Dar kümmt sogar een wedder mit en Disch. Rode Dischen, blaue Stöhle – allens ward in en feine Krink merrn up'e ole Markt henstellt, de Kummen up'e Disch.

Un de Suldaat schenkt de Kummen vull. He deit de velklörige Supp in en gröne Kumm, sett dar en brune Lepel rin un bringt 'n na en orangsch'ne Disch. De Lüüd sünd wieldes vel fröhlicher wurrn, se lopen dör'nanner, un se setten sik gar nich mehr so vörsichtig bi'nanner dal. All fangen se an un eten, un oeverall kann een hören: „Oh, wat is dat lecker!" – „Och, wat smeckt dat fein, un dat blots vun so'n Glückssteen."

All swoegen se vun de wunnerbare Supp, se hebben noch nie nich so lecker eten. Se eten mit'nanner de heele Putt leddig. Blots de Suppensteen liggt dar noch in. De Suldaat steiht up un will gahn. „De Suppensteen liggt noch in'e Putt!" röppt een Kind. „De koenen I beholen, dar koenen I sachs noch dusendmal Supp vun kaken, wenn I dat man so doon, as wi dat nu maakt hebben." – „Dat is en echte Glückssteen", seggt en Jung mit rode Haar to en Deern mit blaue Ogen.

De Suldaat ward lachen, as he dat hört, wieldes he vun'e ole Markt dalgeiht. Buten de Stadt söcht he sik denn en feine runne Steen, stickt 'n in sin Suldatentasch un löppt mit Fleuten wieder.

De Wunnerfleut un de Wunnerhoot

Dar is mal en arme Landeddelmann we'n. As de dootbleven is, hett he sin beide Soehns nix vermaakt as blots en grote Kist. Se hebben nich wusst, wat dar insteken deit in'e Kist. As se se's Vadder denn inkuult hebben, gahn se bi un maken de Kist up un woe'n sehn, wat dar in is. Man de Kist is leddig, blots up'e Borm liggt en Hoot un en lütte Fleut.

Vel is dat ja nich, seggen se, un do blifft se sachs nix oever as trecken in'e wiede Welt un sehn, wodennig se se's Brood verdeenen.

De eene nimmt de Hoot un de anner de Fleut, un se maken af, bi een Jahr woe'n se dar wedder henkamen un vertellen, wodennig se dat gahn hett. Man ehrer se ut'neen gahn, blaast de eene ut Spijöök mal up sin Fleut, un do steiht dar upmal en lütte Keerl vör em un fraagt, wat he verlangen deit. O, seggt he, wenn he dat to seggen hett, denn schall he em man en Sack mit Goldstücken geven. Un knapp hett he dat seggt, do kümmt de lütte Keerl al an mit en Sack Goldstücken.

Dat is ja dull, röppt de anner, dat is ja en kostbare Fleut, un vör Freud weiht he mit sin Hoot. Man knapp hett he dat daan, do kümmt dar noch so'n lütte Keerl un fraagt em nu uck, wat he will. Denn schall he em man uck en Sack Goldstücken geven, seggt he, un foorts is dat daan. Nu se rutkregen hebben, wat se's Arfstücken för'n Eegenaart hebben, ännern se natürlich se's Plaan. De eene Broder will för sin Geld en Buerstä' kopen un dar in alle Ruh wahnen, man de de Fleut hett, de will leever wat sehn vun'e Welt, un do treckt he hen na de Königsstadt.

As he in'e Stadt ankamen is un dar wat rumspa-
zeert, dat he sik allens ankickt, wat sik lohnt, do
süht he uck de feine Kutsch, 'nem de König un sin
Dochter in sitten. Na, denkt he, dat is ja en feine
Fahrtüüg, man he will doch mal sehn, um em sin
Fleut nich kann to en noch smuckere een verhelpen.
He blaast un verlangt vun de lütte Keerl en Kutsch
mit Perde, de smucker sünd as de König sin. Dar
fahrt he denn ümmer ut mit, wenn he weet, de König
maakt en Kutschfahrt, un he sorgt darför, dat he em
bemöten deit. De König un sin Dochter warrn af-
günstig, dat dar een is, de en smuckere Fahrtüüg
hett, un do laten se en gollne Kutsch maken. Man
knapp is de klaar, do kriggt de Jung sik en Kutsch,
de is noch vel kostbarer un glinstert vun Eddel-
steens.

De König un sin Dochter sünd dar natürlich vergrellt
oever, man se dücht doch, dat is beter un hebben so'n
Mann to Fründ as gegen sik, un se nödigen em an'e
Hoff. Dar ward he hartlich upnahmen, un de Königs-
dochter sülven is so fründlich to em, dat he sik to-
letzt in ehr verkieken deit. Se deit uck so, as wenn se
em leev hett, un as se em so recht in ehr Macht hett,
fraagt se em, wonem he doch al sin Riekdoom her-
kriggt. Eerst will he ja nich rut mit de Spraak un
discht ehr allerhand Geschichten up, man dar gloovt
de Königsdochter nich an, un toletzt kriggt se em so
wied, dat he ehr de Fleut wiest un vertellt, wat dat
darmit up sik hett.

Do fraagt se, um se dar uck mal up fleuten dörv,
man dat will he nich hebben. Aver as se biblifft,
kann he up'e Duer nich fast blieven, un de Königs-
dochter blaast up'e Fleut. Foorts kümmt de lütte
Keerl un fraagt, wat se will. Un do seggt se, he schall

de Mann, de dar bi ehr sitten deit, wegjagen. Dat passeert natürlich, un do steiht he dar, arm as en Bedelmann, buten de Stadt.

Do weet he sik nich anners to helpen, he geiht na sin Broder un vertellt em sin Unglück. Se raatslaan, wodennig se de Fleut wedderkriegen schoe'n, un se besluten, he schall wedder na de Stadt gahn un dat mit de Hoot versöken.

Dat duert nich lang', do fahrt he wedder mit en Kutsch dör de Stadt un wiest sik mit noch mehr Prahl as fröher. Toletzt lett he sik en Slott buun, dat is noch vel smucker as de König sin. Do kann de Königsdochter dat nich mehr utholen, un se laadt em wedder in an'e Hoff. Un dar is em dat ja jüst um to doon, up de Aart kann he ehr de Fleut wedder afluxen – meent he. Man dat kümmt anners, as he denkt. As he bi de Königsdochter is, kümmt de Leev wedder hooch in em, un he kann ehr nix afslaan. As se em toseggt, se will em sin Fleut weddergeven, wenn se mal mit'e Hoot weih'n dörv, is he so mit Blindheit slaan, he süht dar keen Gefahr in un gifft ehr de Hoot in'e Hand. Se weiht darmit, un dat tweete Mal seggt se to de lütte Keerl, he schall em wegjagen. Nu weet de junge Mann nich mehr, wat he maken schall. Wodennig schall he nu de Hoot un de Fleut wedderkriegen? Na sin Broder truut he sik nich wedder hen, un in'e Stadt blieven will he uck nich. Bedröövt maakt he sik up'e Padd.

Do kümmt he in en Holt togang'. He löppt ümmer wieder, bet he möö' is, un leggt sik denn ünner en Boom to slapen. As he morrns waak ward, hett he Hunger, denn sörre he is ut dat Slott jaagt wurrn, hett he nix mehr to eten hatt. Do süht he, he hett ünner en Berboom legen, un dar hängen feine Ber'n an. He plöckt sik dar wecken vun af. Man wat wieder lang steiht en Boom, dar sitten noch vel gröttere Ber'n an. Uck dar nimmt he sik wecken vun un sett sik denn geruhig dal an en Bek.

He itt dree vun de grote Ber'n up, man ... wat's dat? ... do fangt sin Näs an un wasst un ward so lang, dat sin Kopp vun dat Gewicht vörnoever sackt. He mutt sülven lachen, as he sik in't Water bekickt, man spaßig dücht em dat doch nich, denn he kann sik nich mehr roegen vun de grote, sware Näs. As he sik wedder en beten kamen is vun de Schreck, markt he, he hett ümmer noch Smacht. Och wat, denkt he, he hett noch wecke Ber'n na, denn will he de man uck noch upeten. Do nimmt he een vun de lütte Ber'n un itt de up, un do fangt sin Näs an un krüppt wedder tohopen. Un as dree Ber'n in sin Maag verswunnen sünd, do is uck sin Näs wedder jüst so lütt as vördem.

Dat is ja nett, denkt he, nu will he na de Hoff gahn un tosehn, dat he sin Kraam wedderkriggt. He geiht na de Berboom un stoppt sin Taschen vull Ber'n, un denn maakt he sik foorts up'e Weg na de Königsdochter.

Dicht bi de Stadt tuuscht he sin feine Tüüg gegen en Bedelmann sin Plünnen, un sodennig kümmt he up'e Platz vör't Slott. Dar röppt he: „Ber'n to verkopen! Feine Ber'n to verkopen!" Man he verlangt dar sovel Geld för, keeneen köfft wecken.

Nu is de Königsdochter en grote Leckertähn. Tofällig sitt se an't Finster un süht de Ber'nverköper, un as se hört, sin Ber'n sünd so düer, do denkt se, denn sünd dat sachs ganz besünners leckere Ber'n, dar mutt se wecken vun hebben. Un do schickt se ehr Kamerdeern hen för un kopen de Ber'n, un as de wedderkümmt, itt se foorts dree Stück up. Man do fangt ehr Näs an un wasst un wasst, jüst so lang', bet 'n lang nugg is.

De König sin Lievdokter un all de Dokters ut'e Stadt warrn rantrocken, man de Näs ward dar nich lütter vun. Do warrn beröhmte Professers un Dokters vun wied un sied dartorapen, man nix helpt, de dare Krankheit is, as't schient, nich to heelen. Toletzt kümmt dar nochmal en frömde Dokter na't Slott. Tominnst denken se, dat is en frömde Dokter, man in Würklichkeit is dat de Mann, de tweemal anscheten wurrn is vun'e Königsdochter. He ünnersöcht de Königsdochter un verklaart denn, de Königsdochter kann nich heelt warrn, wiel dat se wat besitten deit, wat ehr nich mit Recht tohören deit.

Dat will de König natürlich nich wahrhebben, man as de Dokter darbi blifft, gifft de Königsdochter up- letzt to, se hett en ole Hoot, de ehr eegentlich nich tohören deit. De ward haalt, un denn gifft de Dokter ehr twee vun de lütte Ber'n. Do fangt de Näs an un krüppt tosamen un ward lütter un lütter. Un de Königsdochter freut sik al, dat se heelt is. Man nee. Dat Lütterwarrn hollt up, ehrer de Näs ehr richtige Längde wedderhett.

Dat begrippt he nich, seggt de Dokter, denn mutt de Königsdochter noch mehr hebben, wat ehr nich to- hören deit. Do kümmt dat denn rut, se hett uck noch en Fleut. Denn is dat ja keen Wunner, dat dat Mid- del nich helpen deit, seggt de Dokter.

De Fleut ward em bröcht, un nu kriggt de Königs- dochter noch en Ber, un do ward ehr Näs wedder so as vörher. Vullpackt mit Geschenken geiht de Dokter weg vun'e Hoff, man dat he de achtertücksche Königsdochter noch een bipuult, gifft he ehr to'n Afscheed noch en Brie vun fien revene grote Ber'n mit de Raat, dar schall se man af un to ehr Näs noch mal mit insmeern. Denn süht he to un kamen weg ut'e Stadt. Man dat duert nich lang', do probeert de Königsdochter vun de Brie, un de dücht ehr so lecker, dat se dar düchtig wat vun eten deit. Do ward ehr Näs wedder wassen un ward jüst so lang, as 'n we'n is.

Do ward de König dull up'e Bedröger un treckt em achterna mit en Barg Suldaten. He is knapp heel mit Fleut un Hoot up sin Broder sin Buerstä' anlangt, do seh'n se dat Heer al vun wieden ankamen. Man de Bröder sünd nich bang'. De eene weiht mit'e Hoot un de anner blaast up'e Fleut, un as se fraagt warrn, wat se woe'n, do verlangen se en Heer, grötter un stärker as de König sin. Do ward de König slaan, un de Königsdochter löppt mudderseelenalleen in't Slott rum mit ehr lange Näs.

De unverfehrte Koeksch

Dar is mal en rieke Herr we'n, de hett in en Steen-
huus wahnt an'e Markt vun'e Königsstadt. Een
Avend geiht he mal ut mit sin Familie un oeverlett
de Sorg för dat Huus sin Deenstlüüd. De Knecht is
tofällig nich dar, un de beide Deenstdeerns, de to
Huus sünd, meenen, se woe'n man leever allens fast
tosluten.

As se mit't Avendbroot ferdig sünd, stellt de Koeksch
Anna fast, ehr Fleeschmess in nich recht scharp.
Darum geiht se na de Koek un will et up'e Sliepsteen
kriegen. Do hören de Deerns düütlich wecke Manns-
stimmen, de kamen vun'e Keller rup. De tweete
Deern oeverleggt nich lang', se süht to un kamen rut
ut't Huus. Man Anna blifft dar un hört, wo de Spitz-
boven oeverleggen, wodennig se an besten in't Huus
rinkamen. Do warrn se en Luuk wies, de geiht na de
Koek. Denn woe'n se man een bi een dör de dare
Luuk na de Koek rinklarrn. De achternakümmt,
schall ropen: „Büst du binnen?" Hört he denn „Ja",
denn schall he sin Glück versöken, bet se all, soeven
an'e Tall, dar sünd. Un denn schall dat Büütmaken
losgahn.

Anna steiht dodenblass, man mit faste Moot bi de
Luuk mit dat grote Fleeschmess in'e Hand. As de
eerste Röver sin Kopp dör de Luuk stickt, haut se em
de Kopp af und treckt sin Rump ganz dör de Luuk,
leggt 'n gau an'e Siet, un as denn en groffe Stimm
fraagt: „Büst du binnen?", do antert se dump un
groff: „Ja." Denn kümmt Nummer twee, un ümmer
so wieder. Man Nummer soeven markt, dar is wat
nich richtig, un do geiht he stiften.

Nich vel later kamen de Herrschaften na Huus. Se
kriegen en gewaltige Schreck, as se vun'e Rövers to

weeten kriegen, un hören vull Bewunnern, wat Anna för'n Kraasch wiest hett.

De Herr schenkt Anna to Lohn en prachtvulle Demantring, un he lett de Köppe in Steen slaan un an dat Huus anbringen, dat elkeen, de dar vörbikümmt, an de Kraasch vun de dare Deern denken ward.

Anna levt nu glücklich, ehrt un achtet bi de Lüüd, bet dar en nüe Knecht in't Huus kümmt. De Knecht, Piet heet he, is dar vör allen up ut un maken sik leevtalig bi Anna. Dat glückt em denn uck so guut, dat he ehr upletzt en Andrag maakt un ehr Jawoort kriggt. Denn sleit he ehr vör, se schall mal een Dag friefragen, dat he ehr mit sin Olen bekanntmaken kann. Dat is Anna recht. De Herrschaften warrn um Verlööv fraagt, un dar ward beslaten, dat Paar schall een heele Wuch frie kriegen. Do setten se sik in en Schees un glieden sik af.

As se buten de Stadt en paar Stunnen fahrt sünd, ward Anna en paarmal fragen: „Sünd wi noch nich bald dar?" So bi lütten ward ehr doch so'n beten benaut. Man ümmer kriggt se to hören: „Noch nich, noch nich!" Toletzt seggt he: „Verlangt di sodennig na di Dood?" Un as Anna em heel verbaast angluupt, seggt he: „Du hest min Bröder afmurkst, un nu scha'st du dar uck an gloven."

Do begrippt se foorts, he is de eene Röver, de ehr utneiht is. Se hett ja hört, se hebben vörher vun soeven snackt, un dar sünd ja blots söss dör de Luuk kamen. Se fahren gau as de Blitz. Toletzt sehn se vör sik en grote Huus: Dat is de Röverhöhl, un dar wahnen sin Vadder un Mudder. Se hebben dar en Harbarg, un de stackels Reisen, de vörbikamen oder dar Nacht blieven, wenn de vel Geld oder kostbare Saken

126

bi sik hebben, denn warrn se achtertücksch afmurkst.

Anna ward vun'e Waag dalböhrt un an Piet sin Vadder un Mudder oevergeven. De binnen ehr foorts ornlich fast un bringen ehr na en Kamer. Dar hett se denn rieklich Tied un denken na. Man ehr Klook hett ehr keen Ogenblick verlaten, un se hett, as se bunnen wurr, uppasst, dat de Tauen nich all to stramm sitten. Se hett Piet ehr Demantring noch nich wiest un hett de Steen de dare Dag na binnen dreiht, un sodennig is he 'n nich wies wurrn.

Wieldes se dar nu sitt un oeverleggt, wodennig se utneih'n kann, hört se, wo se raatslaan, um se de Avend, tominnst aver de neegste Morrn afmurkst warrn schall. Ehr Piet is darför un bringen ehr noch desülve Avend um'e Eck, denn he kennt ehr faste Charakter un ehr Kraasch. Man Vadder un Mudder sünd för de neegste Avend un de anner Rövers uck, denn vunavend is dar noch allerhand to doon.

Dat Schrien vun de Slachtoffers, wat bet rin na Anna to hören is, maakt ehr noch faster in ehr Vörnehmen, dat se allens versöken will för un kniepen ut. Se kriggt dat klaar un snieden de Tauen dör mit ehr Demant, un as se en Finster wies ward, wat rutgeiht oever en Graav, marst se sik dör dat Lock, knütt' de Tauen tosamen un lett sik dar an dal.

Eenmal buten, löppt se ümmer wieder, bet se na en Buernhoff kümmt. Dat is jüst en Buer, de af un to Kees un Botter an ehr Herrschaften levert, un do seggt se to em, he schall doch so guut we'n un ehr versteken un so gau as't geiht na de Stadt bringen.

De Buer hett jüst en gewaltige Föder Heu t'rechtmaakt un schall dar de neegste Dag to Stadt mit, un dar will he Anna nu in versteken. Se seggt, he schall ehr en Platz geven vörn an de breedste Stä' vun'e Waag achter sin Rügg, un se will sik up'e Tehnspitzen setten, dat se mit de grote Heufork nich to drapen is.

De neegste Morrn maken se sik fröh up'e Weg, un 'nem Anna bang' vör we'n is, dat passeert uck. As se up'e grote Weg kamen sünd, kamen en paar Rövers to Vörschien, as Buern verkleed't, un föddern, de Buer schall anholen un dat Heu afladen. Dat will de Buer nich, man he gifft dat to, dat se dreemal mit de grote Heufork in dat Heu rinsteken. Wenn dar nu würklich een in sitt, denn mutt dar ja Bloot an de Tinnen to seh'n we'n, un denn schall he afladen. De Buer sin Vörslag verdrifft se's Verdacht. Liekers steken se dreemal mit alle Macht rin in dat vulle Föder, man an keen Forkentinn warrn se Bloot wies. Do laten se de Buer gahn, un he fahrt dör un kümmt hen to Avend in'e Stadt an.

Anna ward gau rutlaten un kümmt wedder na ehr Lüüd, de ehr heel verbaast upnehmen un sik um ehr kümmern. To Anfang kann se wegen de Angst, de se utstahn hett, nix seggen, man dat duert nich lang' un se vertellt se allens. Do warrn se sik eenig, se woe'n man vörsichtig to Wark gahn. De Schandarm kriggt Bescheed, un se luern af, wat kümmt.

As de Wuch um is, kümmt de Knecht ganz ruhig wedder an un vertellt, Anna is krank wurrn un mutt darum noch bi sin Öllern blieven. Se doon, as wenn se em dat afnehmen un bringen em na baven. Do steiht Anna upmal vör em. He kriggt woll en Schreck, man he hollt sik recht guut, uck as he fastnahmen un wegbröcht ward. Dat Rövernest ward na Anna ehr Angaven funnen un utnahmen, un Anna hett denn wieder in Freden bi de Lüüd wahnt.

Starke Jan

Vör lange, lange Tied hett in en Stadt en grote Huus mit dree Etaaschen stahn. In dat Huus hett al Jahren lang keeneen wahnt. Dar hett keeneen in wahnen wullt, denn bi Nacht hett dat dar spökelt. Nacht för Nacht um Klock twölf is de Dör vun dat Huus upgahn, un dar is en Spöök rinkamen. Een Stunn later hett dat Spöök bi de Vörderdör so'n elennige Gehuul anstimmt, dat de Lüüd, de dar vörbikamen sünd, dat vör Gresen koolt de Rügg dallapen is. Denn hett dat Spöök rapen: „Erlöös mi! Erlöös mi!" — Man keeneen hett sik dat mal infallen laten un gahn dar rin. De uck man blots vun wieden en lütte Naklang vun dat Gehuul in'e Ohren kregen hett, de hett nix Beteres to doon wusst as putzen de Platt.

De Lüüdsnack hett weeten wullt, dat is de Geist vun en ole Herr we'n, de hett in fröhere Daag in dat dare Huus wahnt. Dar is vertellt wurrn, he hett ut Rachgier en Barg Geld verstaken hatt. Un wiel dat he dootbleven is, ahn dat he bestimmt hett, wat darmit passeern schull, hett he ahn Ruh rumbiestern musst, bet he erlööst wurr.

Nu schüht dat mal, dat en Suldaat ut'e Krieg na Huus t'rügg kümmt. He heet Starke Jan, un as he mal een Avend in'e Kroog sitt, do hört he, wo anner Gäste vun'e Spökerie in dat dare Huus snacken. Do seggt Starke Jan: „Dar is doch nix bi un bringen een Nacht in dat Spöökhuus to. Um ik *dat* nu do oder ik knabber en Rundstück up, dat maakt bi mi keen Ünnerscheed. Wenn een mi vörweg hunnert Daler gifft, denn will ik dar sachs een Nacht de Wacht holen."

Dat kümmt de Mann to Ohren, de dat Huus tohören deit, un he seggt to Jan: „Is dat wahr, dat du di truen wullt, un bringen een Nacht in dat Huus to?" – „Ja wiss", seggt Jan, „ik lach oever all Spöök un Düvels. De Gott bewahrt, de is guut bewahrt!"

„Afmaakt", seggt de Huusweert, „Handslag dar up!"

Jan deit dat, un denn seggt de anner: „Wat schall ik di för de Nacht mitgeven?" Jan seggt: „Na ja, för de Anfang giff mi man en paar Bund dicke Knüppels mit, söss Buddeln Wien, en Buddel Öl, en Fatt mit Pannkokendeeg un en gude Braapann, 'nem ik Pannkoken in backen kann."

„Dat scha'st du allens hebben", seggt de Huusweert. As Jan denn allens up'e Dutt hett, treckt he to Avend in dat Huus in.

Eerstmal sleit he Füer, dat he Licht anmaken kann. Denn bringt he sin Holt un sin Fatt mit Pannkokendeeg na en Kamer in'e eerste Etaasch. Dar steiht en Disch mit twee Stöhle. He maakt dar Füer an, un as de Flammen hoochgahn, fangt Jan an un backen Pannkoken. Wieldes de Deeg geiht, maakt Jan en paar Buddeln up un drinkt sovel Wien, dat he toletzt al en lütte een in'e Kroon hett. Man he hett sin Fiev noch up'e Dutt, denn Jan weet verdeuvelt genau, wat he deit.

Intwischen hett he Smacht kregen, un he smitt noch wat Holt up't Füer, dat de Deeg gauer upgeiht. As de Pannkook up'e eene Siet fein bruun backt is, smitt Jan 'n in'e Schosteen tohööcht, dat he 'n mit en Schislaweng mit'e Pann umkehren will. As he dat deit, fallt dar wat ut'e Schosteen dal up'e Pannkook, un do fallt de em in'e Asch. „So'n verdammte Schiet", schimpt Jan. „Is ja to'n Verrücktwarrn. Fallt mi doch de feine Pannkook in'e Asch. Un de weer so fein bruun backt un sehg so lecker ut. Denn mutt ik ja man en frische Pannkook backen un hapen, dat de mi beter glücken deit."

Jan nimmt de Sleef un deit wedder wat Deeg in'e Pann. Denn bekickt he sik dat Dings, wat ut'e Schosteen fullen is, un stellt fast, dat is en halve Minschenarm. Do kann Jan sik gar nich mehr holen vör Lachen un seggt: „Dat schall mi sachs bang' maken oder vernarr holen. Na ja, denn hebben se de richtige Mann funnen. Un wenn een en ole Perd in Stückens un Brockens dör de Schosteen fallen leet, dat wörr mi heel koold laten!"

As de Pannkook up'e eene Siet bruun backt is, denkt Jan: dat he sik wiss we'n kann, dat em nich wedder een in'e letzte Ogenblick en Putz spelen deit, will he de Pannkook man halvgaar upeten. He langt darna – man do kümmt dar en ganze Barg Knaken dalkloetert un fallt – pardauz! – baven up'e Pannkook, un wedder fallt de in'e Asch. „Düvel uck!" röppt Jan vergrellt. „Langt dat nu bald mal? Schall vellicht all min Deeg verrungeneert warrn?" He ward nu wies, dütmal is dar en heele Rüggknaak up sin Pannkook lannt. In sin Vergrelltheit nimmt he de Knaken un haut de ganze Kraam an'e Wand to Gruus. „Ik laat mi nich ünnerkriegen", seggt Jan un maakt wieder mit sin Pannkokenbacken. Man ümmer, wenn he weder een klaar hett, geiht dat verdreihte Spill vun vörn los; ümmer wedder kamen dar Minschenknaken dalfullen un verrungeneern em de Pannkook dat so-un-so-velte Mal. Un dat blifft bi, bet dar en Dodenkopp up'e Pannkook fallt.

Do ward Jan splitterndull, un dat he sin Vergrellt-
heit en beten afköhlt, nimmt de de Dodenkopp un
haut 'n gegen de Wand to Gruus un Muus. Denn
geiht he wedder an sin Arbeit, denn he hett gresig
Smacht. He stapelt een Pannkook na de anner up,
un nich lang', do hett he en düchtige Barg. Mit grote
Aptiet sett he sik an'e Disch un maakt sik oever de
Vörraat her. Knapp hett de de Smack darvun in'e
Mund, do sleit dar en Klock. Jan tellt twölf Slääg –
dat is Middernacht. As he even mal hoochkickt, do
süht he in'e Eck vun'e Kamer, 'nem he de Knaken
hensmeten hett, en gediegene Geripp stahn. Denn
Slag twölf hebben de Knaken sik tohopenfunnen, un
dat is nu de Geist, de in dat Huus rumspökelt; he
hett en Laken um'e Schullern hängen.

Jan hett wieldes upholen mit Eten. He kickt sik dat
Dings mal an, rifft sik de Ogen, dat he beter kieken
kann, un oeverleggt bi sik, wat nu woll passeern
schall.

„Gu'n Dag, du kole Stramunkel", seggt Jan. „Wo
geiht di dat? Dat kümmt mi rein so vör, as harr ik di
al mal sehn, man ik kann mi nich besinnen, wonem
dat we'n is. Och ja! Nu weet ik: up't Goosspel heff ik
di sehn. Du sühst man wat ring ut, Herr Halvarm.
En paar vun'e Pannkoken schullen di sachs sme-
cken, dücht mi. Och, wat snack ik! Dörv ik di inladen
an min Disch ...?" De Geist seggt nix, man he winkt
Jan mit'e Finger, as wull he seggen: Kumm mal her!

Man Jan is klook nugg un doon dat nich.

„Hör mal, Herr Halvarm", seggt Jan, „wenn du dar
bet morrn fröh stahn blieven wullt, kannst dat vun
mi ut doon. Man schu'st di nich leever dalsetten an't
Füer? In'e Kamereck is dat doch koolt; naher haalst

di noch wat weg ... Wokeen büst du eegentlich? Warum seggst du nix? Büst du vun unse Herrgott, denn snack; hett de Düvel di schickt, denn huul af!"

Man wat Jan uck snackt, fründlich oder groff, de Geist blifft, 'nem he is, un winkt blots ümmer.

Jan itt wieder, un he is so dull mit'e Pannkoken in'e Gang', dat he sik gar nich mehr na dat Spöök umkickt. En beten later sleit dat halvig een. De Geist reckt sin magere Beens vör un kümmt Schritt för Schritt neeger na Jan un winkt ümmerto mit'e Finger. As he em neeg kümmt, steiht Jan up un seggt: „Ik mutt di vör een Saak wahrschuen. Wenn du nu noch een Schritt neeger kümmst, denn neih ik di een, de du nich wesseln kannst, mit düsse Buddel. Ik mark al, wat du vörhest. Man laat di wahrschuun!"

De Geist streckt sin Finger ut un kümmt dar an Jan sin Hand mit. In'e sülve Ogenblick süht de up sin Hand en grote Brandblaas upkamen.

Nu meent Jan, dat ward eernst. He haut de Geist mit sin Buddel baven up'e Kopp. En normale Minsch weer dar doot vun umfullen, man as't schient schaad't dat de Geist nich: He blifft stahn, 'nem he steiht, jüst as weer dat man en Slag in'e Luft we'n. Do ward Jan eerst recht füünsch. He will de Spök bi de Kripp kriegen. Man dar ward nix vun, ümmer wenn he meent, nu hett he em faat, denn is dar nix.

„Holl up mit din Hansbunkentoeg!" röppt Jan de Geist to. „Wat wullt du eegens vun mi? Huul af un laat mi in Ruh!"

Man de Geist deit nix as winken un na de Dör wiesen. Jan nimmt dat Licht vun'e Disch un seggt: „Denn man to! Denn laat mi mal sehn, wat du mit din Wiesen seggen wullt. Gah man vörut, ik kaam achterna!"

Dat Spöök maakt de Dör up un wiest Jan de Trepp. Jan is klook nugg un gahn nich toeerst de Trepp dal. He seggt: „Eerst du, denn kaam ik."

Do kamen se dal in en Gang, dar is en grote Graffsteen mit en ieserne Ring an. Dat Spöök bedüüd't Jan, he schall de Steen upbören. Man do kriggt Jan dat Lachen un seggt: „Ik de Steen upböhren? Nu kiek man nich so! Wo schall ik dat ahn Hevtüüg klaarkriegen? Kannst du 't sülven, um so beter. Man ik kann 't nich." De Geist böögt sik dal un böhrt de Steen up. Do kickt Jan in en grote Kuul, dar stahn dree Pütte in, heel vull mit Goldstücken. As Jan dat Geld angluupt, ward de Geist snacken. „Sühst du dat Geld?" fraagt he. „Ik seht 't", seggt Jan un freut sik, dat de Geist nich mehr swiegen deit. „Mi dücht dat sünd gollne Lujedors un Dukaten."

De Geist haalt de dree Pütte to'n Vörschien un seggt mit holle Stimm: „Dat sünd dree Pütte mit Geld, de heff ik hier verstaken, ehrer ik storven bün." – „Ehrer du storven büst?" fraagt Jan heel verbaast. „Büst du denn doot? Dat kümmt mi doch temlich unwahrschienlich vör." Do vertellt de Geist: „Ik heff so lang' in'e Ünnerwelt töven musst, bet de Pütte funnen wurrn. Dar hest du mi vun erlööst." – „Gediegen", seggt Jan. „Dat is ja en ganz snaaksche Saak." Denn seggt de Geist: „Nu hör mal guut to. Een vun düsse Pütte musst du an de Armen geven un een an de Kirch. De drütte Putt kannst du beholen."

As Jan dat hört, maakt he vör Freud en Luftsprung. Man unglücklicherwies ward he snüffeln un fallt in'e Kuul. Do sleit de Klock jüst een. Um em rum is dat pickendüüster. De Geist is weg …

Jan klarrt ut de Kuul un geiht desülve Weg torügg na sin Kamer. He drinkt en beten un leggt sik denn to Ruh bi't Füer. Nich lang' un he is inslapen.

De neegste Dag föhrt he sin Updrag ut. He gifft een Putt mit Goldstücken an'e Armen, een an'e Kirch, un de drütte behollt he sülven. Un upmal is Jan stinkenriek wurrn!

He treckt in en feine Huus un levt up grote Foot. Elkeen Dag fahrt he ut in en Kutsch mit feine Schimmels vör. He hett noch lang' un glücklich levt. Un denn keem en Katt mit en witte Snuut un puust'e dat Märken ut ...

De dankbare Deerten

Dar is mal en Herr we'n up en Landgoot, de is spa-
zeern gahn. Do kümmt he in en grote Holt togang',
un as he dar so rumlöppt ünner de Böme un na de
Vageln in'e Kronen kickt, do markt he upmal, de
Grund ünner em gifft na. Bumms, do glitt he dal in'e
Deepde, he kümmt hart up un liggt lingelang dar.
Sand un Telgens sünd mit em na nedden stört't. He
is in en deepe Wulfskuul fullen. He rappelt sik up,
kloppt de Sand vun sin Tüüg, rifft sik de blaue Pla-
cken an Arms un Beens un kickt sik um, wodennig
he wedder ut'e Kuul rutkamen kann.

Man as he so vun de eene Eck na de anner kickt,
ward he een Deel na de anner wies, wat em de Haar
to Barg stahn lett: In de eene Eck liggt en grote
Baar, in de anner Eck en Wildkatt un in de drütte
Eck en tohopenringelte Slang. He gau na de veerte
Eck, de is noch nich besett, un drückt sik gegen de
sandige Wand. He weet sik keen Raat, un dat is ja
keen Wunner, denn dat is ja nich jüst en angenehme
Sellschop, 'nem he hier mit tohopen sitt in'e deepe
Kuul. He lett de Deerten nich ut't Oog, he passt nipp
up, wodennig se sik roegen, man se holen em uck
fast up sin Platz. He denkt, wenn ik versöök un
klarrn rut ut'e Kuul, denn fallen se oever mi her, un
wat denn? He hett nix bi sik, 'nem he sik mit verdef-
fendeern kann. Man dat harr he nich dacht! Se doon
em gar nix, se sehn em wiss an as een, de in desülve
Kniep sitt as se. Ja, denn em is ja datsülve passeert
as se, se sünd al ehrer rinfullen in de dare Kuul, se
luern wiss up de eerste beste Gelegenheit un kamen
dar rut, un vellicht denken se, dat se's Schangs ste-
gen is, nu dar uck en Minsch rinfullen is in de Kuul.

As he nu süht, de Deerten doon em nix, kann he dat meist nich gloven, un he kickt sik ümmer wedder um, man he geiht doch bi un versöcht un kamen rut ut'e Kuul. Aver de is to deep, de steile Wänne bröckeln af ünner sin Hänne un Fööt, ümmer wedder fallt he t'rügg, un toletzt blifft he afmaracht un natt vun Sweet an'e Grund liggen un hachpacht. Denn krabbelt he sik wedder tohööcht un stellt sik wedder in sin Eck, man nu fangt he an un schriet so luud, as he kann, um Hülp.

Tofällig kümmt dar een vun sin afhängige Pächters vörbi mit en Biel up'e Schuller. Wat is dat? denkt de Pächter. Dat is doch de Stimm vun min Herr! He kümmt neeger un söcht mit'e Ogen, wonem dat herkümmt, do ward he de Kuul wies, un as he sik oever de Rand bögen deit, hört he dat Schrien um Hülp düütlicher. He smitt sik platt up'e Buuk, leggt de Hänne an'e Mund un röppt: „Wokeen is dar?"

De Herr hört an de Stimm, dat is een vun sin Pächters, un röppt torügg: „Ik bün't, din Herr, haal mi hier rut! Ik gev di dar uck rieke Lohn för!" He hett ja vellicht gude Grund un nehmen an, ahn de rieke Lohn lett de Pächter em jüst so geern in de Kuul liggen. To'n Glück kann he ja en rieke Lohn anbeeden, he hett et ja! Man de Pächter is al wedder up'e Fööt. He nimmt sin Biel un haut in't Holt en lange Mastboom um. Een, twee, dree haut he mit dat Biel de Telgens af, denn sett he de Boom hoochkant, hollt 'n oever de Kuul un lett 'n dar in dalsacken. En Ogenblick later markt he, de Boom ward faatnahmen. Do geiht he bi un böhrt un treckt. Mein Gott, denkt he, wat is min Herr swaar! Man as dat ünnere Enne vun'e Boom na baven kümmt, nee uck doch, wat verfehrt he sik, en grote brune Baar hollt sik, de

Poten dicht bi'nanner, dar an fastklammert. De Pächter ward ja schrien, he treckt de Boom blangen de Kuul un will weglopen. Man he bruukt nich ut- kniepen, de Baar geiht ganz ruhig vun'e Boom dal un löppt an em vörbi in't Holt rin. „Dat verstah ik nich", seggt de verbaaste Pächter, „ik heff doch düütlich min Herr sin Stimm hört. Schull dat männigmal de Düvel we'n, de min Herr sin Stimm bruukt hett? Ik will man sehn un kamen weg!"

Man jüst, as he weglopen will, hört he wedder um Hülp schrien. „Laat mi hier nich in! Haal mi rut! Ik weet, du wullt geern heiraden, man du hest keen Geld. Wenn du mi ut'e Kuul ruthaalst, betahl ik di de Hochtied!"

Nee uck doch, denkt de Pächter, dat weer ja rein en Glücksfall, denn en Bruut hett he, man keen Geld, un nu ward em de Schangs in Utsicht stellt un maken Hochtied. Denn man to, seggt he bi sik, de Baar hett em tominnst nix daan. He kann dat ja noch mal probeern un sehn, um sin Herr ut'e Kuul kümmt, denn dat is ja doch sien Stimm, de he hören deit.

Knapp hett he de Boom wedder in'e Kuul sacken laten, do hett he wedder wat faat. He böhrt un treckt, wat is de Herr licht, denkt he, man vellicht föhlt sik dat ja man blots so licht an, wiel dat he jüst de gresig sware Baar ut'e Kuul trocken hett. He blifft bi un treckt, man as he dat ünnere Enne vun de Boom baven de Kuul hett, wat is dat? En Wildkatt hollt sik dar mit veer Poten un en stieve Steert an fast, un as 'n faste Grund markt, hoppla, springt 'n vun'e Boom dal un rennt weg in't Holt rin. „Ik treck woll noch all de Deerten vun't Holt ut'e Kuul", seggt de Pächter, „man nu gah ik!"

Man jüst as he weggahn will, hört he wedder de Stimm vun sin Herr in'e Kuul. „Laat mi nich hier! Haal mi hier rut! De Kaat, de du vun mi hüert hest, un dat Stück Land, wat du vun mi pacht't hest, schenk ik di, wenn du mi man ut düsse gresige Kuul trecken deist!"

Nu blifft de Pächter stahn, dat kann een doch ver- locken, en eegne Kaat, en Stück Land, denn ward de Hochtied, de he in Utsicht hett, bestimmt fein! „Na", seggt he, „ik probeer dat nochmal. Wenn ik nu man wiss we'n kunn, dat dat min Herr is un nich de Swatte, de mit min Herr sin Stimm röppt." Wedder lett he de Boom dal in'e Kuul. He föhlt en Stoot, as he wat faat kriggt, he böhrt un treckt, man as he dat Ünnerenne vun'e Boom baven hett, mein Gott, do weer he an leevsten mit Schrien utneiht, en fette Slang sitt dar um rumringelt. He smitt de Boom dal, man de Slang hett sik al dalglieden laten un krüppt weg, rin in't Holt. „Dat is bestimmt de Leege, de mi vernarr hollt", denkt de Mann. „Man nu seh ik to, dat ik weg kaam."

Man jüst as he weggahn will, kümmt dar nochmal Geschrei ut'e Kuul: „Laat de Boom noch eenmal dal. Ik gev di all min Land un all min Geld, wenn du mi hier ruthalen deist!"

„Mein Zeit", denkt de Pächter, un he kriggt rein Mit- leed, wiel dat sin Herr so jämmerlich bedeln deit. „Weetst wat", denkt he, „eenmal probeer ik dat noch, man dat is denn uck dat allerletzte Mal, eendoont, wo dull he bedelt un jault." He lett de Boom wedder dal, an en Stoot in'e Boom markt he, dar sitt wat an, he böhrt un treckt, do kümmt dat Ünnerenne baven de Kuul – ja, un do versleit dat de Pächter rein de

Spraak, so verbaast is he, nu hängt dar würklich sin Herr an un nich jichens en Deert ut't Holt. De Herr krabbelt sik vun'e Boomstamm, he mutt sik eerstmal dalsetten, so fix un ferdig is he vun de Fall un vun all de Stunnen in Angst, de he dar in'e Kuul seten hett. Man de Pächter stütt't em, gifft em en Stück Brood ut sin Tasch un en Treck Water ut sin Feldflasch. Do kümmt de Herr sik wedder en beten. Na en lütte Stoot kann he wedder upstahn un gahn. Un do seggt he to de Pächter: „Nu bruuk ik di nich mehr. Du kannst gahn." Un dat is allens. Vun Lohn un Geld keen Woort mehr. „Man nu is nich de Ogenblick un erinnern em dar an", denkt de Pächter un geiht na Huus.

Man de neegste Dag geiht de Pächter na de Herrenhoff. De halve Nacht hett he legen un dar an dacht, wat em toseggt is un 'nem he sik to freut hett. Nu steiht he up de hoge Butertrepp un bimmelt an. En Knecht maakt up, un de Pächter fraagt na de Herr. En anner Knecht kümmt darto. Nee, so ahn wiederes kann he dar nich rinkamen, de Knechten fragen em ut, wat he vun se's Herr will. De Pächter will ja nich leegen, un do vertellt he allens, de heele Geschicht, wo he sin Herr, as de um Hülp schriet hett, ut'e Wulfskuul rett't hett, un nu kümmt he na de Lohn, de em verspraken is.

De Knechten oeverbringen se's Herr de Naricht, man do ward de splitterndull, dat de Pächter allens vertellt hett. Dat is en Tort un Blaam för em, dat is ja doch en Schann för so'n grote un rieke Herr as em un fallen in en Wulfskuul, un oeverhaupt will he dar nich an erinnert warrn, dat he um Hülp schriet hett un bang' we'n is. In sin Raasch gifft he Befehl, se schoe'n de utverschaamte Pächter en düchtige Laag

Prügels mit'e Swep geven. Un dat doon se, se nehmen em mit up'e Hoff, un dar verfehrt he sik düchtig un is bannig verbaast, dar trecken se em mit'e Swep düchtig wecken oever. Sodennig kann de Pächter lehrn, dat Undank de Welt ehr Lohn is, un he kann noch vel mehr lehrn, un dar denkt he oever na, as he vull vun Bulen un Striepen na Huus humpelt.

Man as he in sin Kaat ringeiht un in sin lütte Wahnstuuv kümmt, kiek, do liggen dar de Baar un de Wildkatt up'e Del, un de Slang hett sik tohopenkringelt bi de Kachelaben. De Pächter verfehrt sik un will utneih'n, man de Baar springt up sin brune Socken vun Poten, kümmt fründlich hen na em un seggt, he schall man nich bang' we'n, un he schall man mal in sin Backaben kieken. Dar liggt en ganze slacht'e Oss in, seggt he, de hett he em mitbröcht för sin Hochtied, denn hett he Ossensteert un Ossentung un allens vun'e Oss, wat dar noch twüschen sitt. Un denn kümmt de Wildkatt ansprungen. De hett en ganze Bünnel Sprock tosamenslept un uck noch en Stapel korte, dicke Holt. Un se will noch mehr Holt halen, seggt se, dat is ehr Geschenk to sin Hochtied, denn kann he an'e Hochtiedsdag de Feststuuv fein warm kriegen. Un denn ringelt de Slang sik ut'neen un kümmt ankrapen. Se hett en en Eddelsteen in't Muul, un wenn dar en Lichtstrahl up fallen deit, denn funkelt dar en deepblaue Gloot in up, un wenn dar en anner Lichtstrahl up fallt, denn brennt dar en gröne Füer in, so'n feine Eddelsteen is dat. De Slang lett de Steen vör de Pächter sin Fööt fallen un seggt, se schenkt em för sin Hochtied de dare Steen, de is en Barg weert, un dar kann he sik vel för kopen.

Dar steiht de Pächter mit de blennen Steen in'e Hand, un vun de Steen kickt he na dat Holt, un dat Water löppt em in'e Mund tosamen, wenn he an sin Ossentung denkt. He vergitt sin Wehdaag un lacht. Un denn bedankt he sik bi de Baar, de Wildkatt un de Slang, man se wiesen sin Dank af, un de Slang nimmt dat Woort, rein so höflich as en Hoffdaam, un seggt, *se* moeten *em* danken, se sünd em Dank schüllig, dat he se ut'e Wulfskuul haalt hett. Un denn gahn de Baar, de Katt un de Slang weg.

De Pächter kickt in'e Backaben – ja, dar liggt de Oss, fett un mör, de Pächter lett sin Ogen dar al mal an to Gast gahn. Denn mutt he wedder na sin Steen kieken, un he vergitt ümmer mehr sin Wehdaag. Nu kann he doch noch sin Hochtied fiern. Do kriggt he en Infall, un he meent dat is en gude Infall. He geiht na de Herrenhoff un seggt to de Knechten, se schoe'n se's Herr mal fragen, um he will de dare Steen kopen. Se nehmen de Steen un gahn dar na se's Herr mit, un 'nem se gahn, lücht't de blaue Gloot. Na korte Tied kamen se wedder ahn de Steen, de hett de Herr fastholen, un se fragen, wat he för de Steen hebben will. Hunnert Daler, seggt de Pächter.

Nee, seggt de Herr, as he de Pries hört, dat kann gar nich angahn, dat de dare Keerl wat tohör'n deit, wat hunnert Daler weert is. Sin heele Vermoegen kann noch nich mal fiev Daler we'n, de dare Steen hett he klaut, seggt he. Un de Knechten kamen wedder na de Pächter un seggen em dat up'e Kopp to. Un se fragen em, wodennig he dat anners verklaren kann, dat he so'n kostbare Steen hett. Un do vertellt de Pächter, dat he de Steen vun'e Slang kregen hett, un he vertellt vun de beide anner Hochtiedsgeschenken vun'e Baar un de Wildkatt, de he – jüst so as de

Steen – to'n Dank kregen hett, wiel dat he de Baar un de Wildkatt un de Slang ut'e Wulfskuul rett't hett.

„So'n utverschaamte Loegenhals", seggt de Herr. „He will mi wedder en Tort andoon mit sin Snack, he is en Spitzboov. Hol em fast un bring em vör Gericht. Dar mutt korte Prozess maakt warrn mit em." Un dar *ward* korte Prozess maakt mit em.

To Avend sitt he al in'e Stadt in't Kaschott bi Water un Brood. He sitt dar böös an, sin Striepens un Bulen doon wedder weh, he hett en slaaplose Nacht, un de neegste Morrn steiht he vör Gericht. He schall verklaren, wodennig he, de noch nich mal fiev Daler sin eegen nöömt, an so'n düre Steen kümmt. Tja, dat is nich so eenfach un verknoopfiedeln dat, denn mutt he al de heele Geschicht vertellen, un dat deit he. He vertellt de Richter allens, wo he sin Herr ut'e Wulfskuul rett't hett, wat för'n Lohn de em ümmer in Utsicht stellt hett, un wo he em, as he um sin Lohn kamen is, blots en Laag Prügels mit de Swep hett geven laten. Un he vertellt, wat för'n Geschenken he vun de Baar, de Wildkatt un de Slang kregen hett, de he vör sin Herr ut'e Kuul haalt hett.

He will em ja geern gloven, seggt de Richter, man vör Gericht gellt blots as Wahrheit, wat dör Tügen beleggt is. Um he Tügen hett, fraagt he. Ja, seggt de Pächter, de Baar, de Wildkatt un de Slang, man de sünd ja in't Holt. Jüst, seggt de Richter, sodennig hett he ja keen Tügen mitbröcht, de de Wahrheit beleggen koenen vun dat, wat he seggt hett. Darum kann sin Verklaren, wodennig he an de Steen kamen is, nich gellen, un se moeten dat annehmen, wat sin Gegenpart verklaart hett, dat he de Steen klaut hett. Darum mutt he em verordeelen.

„Nee!" bölkt do de Baar. Ja, denn de Dör is upflagen, un de Baar is rinstörmt, de Katt sitt up sin Rügg, un de Slang slängelt sik achterran. Tja, se sünd de Tügen ut't Holt, se kamen för un stahn in för de Wahrheit vun allens, wat de Pächter vertellt hett. Se leggen se's Tüügnis af, dar passt keen Knoopnadel mehr twischen, se's Verklaren sünd eens. Un de Baar wiest sin Tähns un grummelt, de dat wagen schull un verordeelen de dare Mann, de kriggt dat mit em to doon.

De Richter hett sin Brill upsett un wedder afnahmen, un nu sett he 'n wedder up, he will sin Ogen nich truun, as he de Baar, de Wildkatt un de Slang dar vör sik süht, man he hört se's Tüügnis, un gegen dat Tüügnis gifft dat nix gegen to seggen, un de richterliche Macht is nochmal um een vun ehr Fehlordeele rumkamen. Dat is so, as he seggt hett, seggt de Richter, Wahrheit is, wat dör eenstimmige Verklaren vun Tügen faststellt is. Darmit is de Pächter unschüllig, he ward friespraken.

De Pächter föhlt, wo sin Hart vör Freud en Sprung maakt. He will sik na de Deerten umdreihn un sik bedanken för se's Tüügnis, man de sünd al wedder weg, se sünd dör de Dör, de noch apen steiht, jüst so gau wedder verswunnen, as se kamen sünd.

Fröhlich geiht de Pächter na Huus un oeverleggt sik en nüe Plaan un verkopen sin kostbare Steen. Man he hett gar nich nödig un verkopen 'n. Nee. In dat dare Land hebben se en König, de is gerecht un will, dat in sin heele Riek Recht un Gerechtigkeit we'n schoe'n. As de König de wunnerliche Geschicht vun de Herr un de Pächter to Ohren kümmt, maakt he foorts allens klaar. He makt de Pächter to Herr up'e

Herrenhoff, un de Herr sett he in'e Pächter sin Kaat. Süh so, nu hebben se tuuscht, de fröhere Landgootbesitter hett sin verdeente Lohn, un de fröhere Pächter is nu en rieke Mann. He is nu de Herr vun dat Landgoot, he wahnt in dat grote Huus. Dat is en Slott, de Kamern kann he gar nich tellen, un denn geiht he bi un verheiraad't sik. Dat is en bannig feine Hochtied. Se fangen an mit Ossensteertsupp un holen up mit Ossentung, un twischendör kriegen se Ossenfilet un all dat anner vun'e Oss, dar is rein dat Enne vun weg, gar nich to snacken vun'e Forellen, de Lassen un de Fasanen. Un de glückliche Brüdigam schenkt sin Bruut de Steen vun'e Slang, de flammt un brennt as de Himmel, as de Sünn, as de Regenbagen oever de schümen Waterfall. Un de Bruut is glücklich, un de Brüdigam is glücklich, un se hebben noch lang' in Freden un Gesundheit levt.

Meister Maand

Dar is mal en Suldaat we'n, de is mit sin Suldaten-
tied t'recht we'n. Un do löppt he de eene Dag so wied,
dat he de heele bewahnte Welt achter sik lett. Hen to
Avend kümmt he na en Höhl. Bi de Ingang steiht en
ole Fruunsminsch, un de Suldaat fraagt ehr: „Leeve
Fruu, kann ik hier woll Nacht blieven?" − „Dat
kannst du guut, ool Fründ, kumm man rin."

Dat is Wintertied, un dat is koold, un de Suldaat is
möö'. De Oolsch bringt em in en Kamer, 'nem en
düchtige Füer brennt. Se gifft em to eten un to drin-
ken un bringt em en Talglicht un en Book to lesen.
Na dat he sik de neegste Morrn nochmal plegt hett,
bedankt he sik bi de Oolsch. Do fraagt se em, um he
noch wied schall. Ja, seggt de Suldaat, noch hun-
nertdusend Stunnen lopen. Wenn dat so is, seggt se,
denn ward he wiss ehr Bröder Morrnsteern, Maand
un Sünn bemöten. Denn schall he se doch gröten vun
se's Süster, de in'e Höhl wahnt, un man seggen, ehr
geiht dat guut. Ja, dat seggt de Suldaat ehr to, dat
will he woll doon. He kriggt en Büdel vull Geld mit,
bedankt sik nochmal bi de Oolsch un maakt sik up'e
Padd.

As he de heele Dag lapen is, kümmt he to Avend in
en feine Stadt. He löppt in de eene Straat rin un ut
de anner wedder rut, bet he vör en himmelblaue
Door steiht, 'nem en sülverne Steern up afmaalt is.
Oever de Steern steiht:
        „Hier wahnt Meister Morrnsteern."

De Suldaat treckt an de Klingel, un de Deenstdeern
maakt up. „Wahnt hier Meister Morrnsteern?" −
„Ja." − „Kann ik mal mit em snacken?" − „Ik fraag
mal. Meister!", röppt se na achtern, „hier is een, de

146

will geern mit Ju snacken." – „Laat em man rin", seggt en Stimm. De Suldaat geiht na binnen, nimmt sin Hoot af un seggt: „Ik schall Ju gröten vun Ju's Süster, de in de Höhl wahnt. Se lett seggen, dat geiht ehr guut." – „Ha, ha, ha! Lett se mi al wedder gröten? Dat is man eerst hunnertdusend Jahr her, dat ik de Gröten vun ehr kregen heff. Bliffst du to eten?" – „Geern", seggt de Suldaat. – „Deern, deck de Disch."

Do bringt de Deern en Disch, de is so lütt as en Poppenmöbel, Tellern so groot as en Penn, Bröde nich grötter as Plätten, Gloes as Fingerhööt un Fleeschstücken, 'nem een licht dree vun upmal in'e Mund steken kunn.

De Suldaat un de Deern hebben so'n Smacht, dat se de Bröde in eens dalslucken. „Wat eten I vel", seggt Meister Morrnsteern, „dar blifft ja nix na." – „Ja, wi hebben Hunger", seggt de Deern.

As se ferdig sünd, fraagt Meister Morrnsteern de Suldaat: „Bliffst du Nacht?" – „Geern", seggt de Suldaat. De neegste Morrn na't Fröhstück fraagt Meister Morrnsteern, um he noch wied schall. Noch hunnertdusend Stunnen lopen, seggt de Suldaat. Wenn dat so is, seggt sin Gastgever, denn ward he wiss sin Bröder Maand un Sünn bemöten. Denn schall he se vun em gröten un man seggen, dat geiht em guut. Dat will he woll doon, seggt de Suldaat. He kriggt en Büdel vull Geld, bedankt sik un treckt los.

He löppt de heele Dag hendör un kümmt avends in en grote Stadt togang' vull vun prachtvulle Hüser un blenkern Kirchen. Dat is al düüster, as he an en himmelblaue Door vörbikümmt, 'nem en gollne Maand up afmaalt is. Oever de Maand steiht:

„Hier wahnt Meister Maand."

De Suldaat treckt an de Klingel, de Deern maakt up, un he fraagt: „Kann ik woll mal mit Meister Maand snacken?" – „Ik will mal fragen", seggt se un geiht na binnen.

Na en Stoot kümmt se wedder un bringt de Suldaat hen na Meister Maand. „Na, min Fründ, wat steiht to Deensten?" – „Ik schall Ju gröten vun Ju's Süster, de in de Höhl wahnt", seggt de Suldaat, „un vun Ju's Broder Morrnsteern. Se laten seggen, se sünd all beid gesund an Liev un Leden." – „So, so, so! Laten se mi al wedder gröten? Dat is man eerst hunnert-dusend Jahr her, dat ik de Gröten vun se kregen heff. Bliffst du to eten?" – „Geern", seggt de Suldaat. – „Deern, deck de Disch." Un de Deern deckt de Disch.

Do ward dar en halve Kalv updischt, de Bröde sünd so groot as Wagenroe', de Gloes so groot as Ammern, de Kannen Beer so groot as halve Tunnen, un de Suldaat hett man eerst en halve Botterbroot up, do kann he nich mehr. „Hest du keen Hunger?", fraagt Meister Maand. „Doch, wiss", seggt de Suldaat, „man dat sünd ja so'n grote Stücken." As se klaar sünd, fraagt Meister Maand, um he Lust hett un gahn de Nacht mit un maken Maandschien. „Mit grote Ver-gnögen", seggt de Suldaat. – „Deern, kiek mal na, um dat klare Wedder is." – „Meister, de Heven is betro-cken." – „Denn laat uns man eerstmal en Putt Kaar-ten spelen."

As se en Stoot spelt hebben un de Suldaat hett meist all dat Geld vun sin Gastgever wunnen, kümmt de Deern un seggt Bescheed, dat is nu klare Wedder. Do krupen se all beid in en Weeg, un in de dare Nacht schienen dar twee Maanden. So draa as dat anfangt un warrn hell un de Suldaat hett de heele Welt sehn mit all de Städer un Hölter, all de Kirchen un Sloet, lannen de Weegen vör dat Door vun Meister Maand sin Huus.

As se binnen sünd, fraagt Meister Maand, um de Suldaat noch wied schall. Noch hunnertdusend Stunnen lopen, seggt he. „Wenn dat so is", seggt Meister Maand, „denn warst du wiss min Broder Sünn bemöten. Grööt em un segg, dat ik em mit min ieserne Hännschen en Swaartvull geven do, wenn he dat noch eenmal waagt un verdüüstern mi. Un denn kumm wedder un vertell mi, wat he seggt hett." De Suldaat kriggt en Büdel vull Geld, bedankt sik un treckt afste'.

He löppt in een Stück dör un kümmt to Avend in de feinste Stadt togang', de he jichens sehn hett. As he lang' in de Stadt rumschechelt is, steiht he upmal vör en gollne Door mit en demantene Sünn darup. Oever de Sünn les't he:
    „Hier wahnt Meister Sünn."

De Suldaat klingelt, de Deern maakt up, un he fraagt: „Is Meister Sünn to Huus? Ik mutt mit em snacken." De Deern geiht na achtern. „Meister", hört he ehr seggen, „dar is en Suldaat, de will mi Ju snacken." – „Laat em man rin." – „De Meister seggt, du kannst na em rinkamen, man binn di eerst en Snuuvdook vör't Gesicht, anners kunn kunn di dat din Ogenlicht kosten." De Suldaat binnt sik en Snuuvdook vör't Gesicht un geiht rin.

Meister Sünn fraagt, wonem he em mit to Deensten we'n kann. „Ik schall Ju gröten vun Ju's Süster, de in de Höhl wahnt", seggt de Suldaat, „un vun Ju's

149

Broder Morrnsteern. Se laten seggen, dat geiht se all beid guut. Un ik schall uck gröten vun Ju's Broder Maand, un de lett Ju seggen, dat he Ju mit sin ieserne Hännschen en Swaartvull geven will, wenn I dat noch eenmal wagen un verdüüstern em."

„Denn segg man to min Broder Maand", seggt Meister Sünn, „dat ik nich bang' bün vör em. Wenn he mi mit sin ieserne Hännschen en Swaartvull geven will, denn warr ik em mit min ieserne Knüppel aframmen. Bliffst du Nacht?" De Suldaat blifft Nacht.

De neegste Morrn kriggt he en Sack vull Goldstücken, bedankt sik un treckt afste'. He löppt de heele Dag hendör un kümmt to Avend wedder bi Meister Maand an. „Ik schall Ju gröten vun Ju's Broder Sünn", seggt he, „un ik schall Ju seggen, dat he Ju mit sin ieserne Knüppel aframmen ward, wenn I em mit Ju's ieserne Hännschen en Swaartvull geven woe'n." – „Ik bün nich bang' vör em", seggt Meister Maand. „Bliffst du to eten un geihst vunnacht wedder mit to Maandschien maken?" Dar is de Suldaat foorts för to hebben, un se laten sik dat smecken.

As se klaar sünd mit Eten kickt de Deern na, wodennig dat utsüht in't Wedder. Man dat is wedder mal betrocken, un Meister Maand un de Suldaat gahn bi un spelen en Putt Kaarten. As se en Tied spelt hebben, kümmt de Deern un seggt Bescheed, nu hett dat upklaart. Meister Maand un de Suldaat krupen beid in een Weeg, un de Suldaat nimmt allens mit, wat he hett. In de dare Nacht schienen dar wedder twee Maanden. Se schienen oever de heele Welt bet hen na de Stadt, 'nem de Suldaat herkümmt.

„Is dat din Huus?" fraagt Meister Maand. „Ja", seggt de Suldaat. „Denn sett ik di af vör de Dör." He lett de

Weeg akraat up'e Süll dalkamen. De Suldaat snappt sik sin Geld, seggt Meister Maand adjüs un sett sik dal vör de Dör. As de Suldaat sin Vadder morrns waak ward, finnt he sin Soehn up'e Süll. Se freu'n sik all beid, dat se sik weddersehn. Se sluten dat Geld weg un leven noch heel, heel lang' as de glücklichste Minschen in'e Stadt.

De Vagel Fenus

In en Slott hett mal en König wahnt. He hett dree Soehns hatt, man de eene vun se is en beten doesig we'n. In en anner Land, wied weg, hett uck en König wahnt, de hett de Appel vun'e Gesundheit un de Vagel Fenus to eegen hatt. Mal ward de eerste König krank, un do seggt sin öllste Soehn, wenn he em de Appel vun'e Gesundheit un de Vagel Fenus haalen deit, denn ward he wiss wedder beter.

Sin Vadder seggt, dat is to wied, dar kann he nich hengahn. Wat, seggt sin Soehn, dar kann he nich hen? Dat kann he fein, seggt he. De Prinz blifft so lang' bi, bet de König upletzt seggt, denn schall he man up Reisen gahn; he will em allens mitgeven, wat nödig is, un denn schall he man versöken un kriegen de Appel vun'e Gesundheit un de Vagel Fenus. Wovel Geld he mithebben will, fraagt he. Och, seggt de Prinz, dat is ja bannig wied, un he ward lang' ünnerwegens we'n, he schall em man düchtig wat mitgeven.

De Prinz sadelt denn sin Perd. Geld hett he nugg bi sik, denn fröher hebben de Königs Geld nugg hatt, man de arme Lüüd hebben nix hatt. He maakt sik up'e Weg, he ritt dör Holt un Heid. In en grote Holt bemött he en ole Fruu, de fraagt em, wonem he up dal will. Dar hett se ja nix mit to kriegen, seggt de Prinz kortaf. Na, seggt de ole Fruu, denn schall he man fein wieder rieden. De Prinz gifft sin Perd de Sparen un ritt wieder. Toletzt kümmt he na en ole Kroog an'e Holtkant. He stiggt af, bestellt wat to eten, betahlt un fraagt, um he dar uck de Nacht slapen kann. Ja, dat geiht. De Kröger hett ja foorts markt, he hett en rieke Mann as Kunn. Bi Nacht nimmt he de Prinz all sin Geld af un sparrt em in'e Keller. Un de kranke König luert un luert, dat sin öllste Soehn wedderkamen schall.

Een Dag seggt de tweete Soehn denn to sin Vadder, sin Broder is ja nich wedderkamen. He verjuuchheit sachs all sin Geld, seggt he, un will nix mehr mit em to doon hebben. Man nu will *he* denn gahn. Nee, seggt de König, een Kind hett he al tosett, un nu will he uck noch gahn! Ja, seggt de Soehn, he wull so geern sehn, dat sin Vadder wedder beter ward. He will uck wat för em doon. Na, seggt de Vadder, denn schall he man in Gotts Naam gahn, man he schall jo tosehn un kamen wedder. Ja, seggt he, wiss doch.

De König gifft sin tweete Soehn uck wedder en Barg Geld mit un uck sunst allens, wat he hebben will. De Prinz seggt sin Vadder un Mudder adjüs un maakt sik up'e Weg. Dagelang ritt he ümmer wieder. Mal kümmt he dör en Holt, do kümmt de Oolsch dar wedder to Vörschien. Se fraagt em, wonem he up dal will. Dar hett se ja nix mit to kriegen, seggt de Prinz, he is to vörnehm un vertellen ehr dat. – Na, seggt se, wenn se dar nix mit to kriegen hett, denn schall he man fein wiederrieden. De Prinz ritt wedder dagelang. Upletzt kümmt he uck na de Kroog, un do denkt he, he hett so lang' reden, he will man eerstmal wat eten un drinken.

He stiggt af, binnt dat Perd an'e Fuddertrogg un geiht rin. He bestellt sik wat to eten un fraagt uck na en Slaapplatz. Ja, seggt de Kröger, dat geiht. Merrn in'e Nacht ward he uck sin Geld quiet un ward uck in'e Keller sparrt. Do kümmt uck düsse Soehn nich wedder na sin Vadder. De Vadder luert un luert un kickt un kickt. Upletzt gifft de König uck de Haap för düsse Soehn up. Do seggt de drütte Soehn to sin Vadder, wo dat weer, wenn he nu gahn dä.

Wodennig he doch up *de* Idee kümmt, meent sin Vadder. Sin beide plietsche Bröder hebben dat nich schafft, wodennig he dat denn klaar kriegen will mit sin lütte beten Verstand. Och, seggt de Soehn, he will doch to geern versöken, um he de beide Wunnermiddels nich in'e Fingern kriegen kann.

De jüngste Prinz quengelt so lang', bet sin Vadder nagifft. Dar sünd nu twee Kloken weg, seggt he, denn schall he man uck gahn, man he will hapen, dat he em weddersüht. De Soehn seggt, he schall em twölf vun de beste Suldaten mitgeven un uck twölf gude Perde, denn will he dat geern versöken. Na, denkt de König, dat is gar nich so dumm, dat dücht em doch heel verstännig. De Prinz seggt, sin Bröder is vellicht wat tostött, dat se darum nich wedderkamen koenen. Dar hett de König noch gar nich oever nadacht. De Perde warrn sadelt, de twölf Suldaten klabastern dar rup, un los geiht dat. De Prinz ritt vörut.

Uck de jüngste Prinz kümmt na dagelange Rieden dör dat grote Holt, un dar kümmt de Oolsch wedder vördag. Wonem he denn up dal will, fraagt se. He is ünnerwegens för sin Vadder, seggt he, de is so krank. Un nu will he geern för em de Appel vun'e Gesundheit un de Vagel Fenus halen. Man he weet gar nich, wonem de to finnen sünd, seggt he.

Na, seggt se, denn will se em en gude Raat geven. He mutt lang' söken un vel dörmaken, ehrer he de Appel un de Vagel finnt. He schall man jo nich to de dare König seggen, dat he en Prinz is, seggt se, he schall sik as Knecht anbeeden. He schall man fragen, um he kann as Bedeenter an'e Hoff kamen. Dat is ja wat minn för em, seggt se, man he mutt dat doon, wenn he de Appel un de Vagel hebben will. Dar kann he sachs oever kamen, seggt he, dat is ja för sin Vadder. He will allens so doon, as se dat seggt hett.

Denn seggt de Oolsch, he schall nich bi de Kroog an'e Holtkant ankehren. He schall wiederrieden, vel wieder, bet he an't Slott vun en König kümmt. Dar schall he klingeln un fragen, um se koenen en Lakai bruken. Sin Suldaten schall he man in'e Stadt inquarteern. Ja, seggt he, he will allens doon, wat se seggt hett. Up'e Rüggreis, seggt se, denn schall he bi de Kroog an'e Holtkant ankehren. He schall dar alleen ringahn, ahn Suldaten. Un denn schall he se dar twölf Buddeln ungarsche Wien verspreken.

Darna rieden de Prinz un de Suldaten in Galopp wieder. Se kamen bi de Kroog lang, man se rieden dörch, bet se bi dat grote Slott sünd. De Prinz mellt sik bi de König un ward foorts annahmen as Knecht. He deit sin Bestes so guut, as dat geiht. In een Saal süht he up en Kommoo' en Buur stahn mit en Vagel in un en grote Appel blangenbi. Dat sünd se, denkt he foorts. Man seggen deit he nix. De Vagel lett de Flünken hängen.

De Prinz hett sik düchtig anstrengt un de Kraam so up Schick bröcht, dat de König em rein laavt, dat he allens so fein in'e Reeg hett. De König weet ja nich, dat sin Lakai en Prinz is. Dar will he em för belohnen, seggt he, he kriggt vun em de Appel vun'e Gesundheit un de Vagel Fenus. Un he schall denn man mal en Tiedlang up Ferien na sin Vadder gahn.

De Prinz weet gar nich, wat he seggen schall, sodennig freut he sik. De Vagel ward sik nu in sin Buur roegen. De Prinz packt sin Kraamstücken tohopen, seggt de König adjüs un maakt sik up'e Weg na Huus to. Eerst haalt he noch all sin Suldaten tohopen un vertellt se, he hett de Appel un de Vagel. Un nu woe'n se na de Kroog an'e Holtkant, seggt he.

As se bi de Kroog ankamen, seggt he to de Suldaten, se schoe'n dar butenvör töven. Un wenn he röppt, se schoe'n em twölf Buddeln ungarsche Wien bringen, denn schoe'n se foorts all upmal rinstörmen. Denn kriegen se de Kröger bi de Kanthaken, seggt he, denn de hett vellicht sin beide Bröder inspunnt. As de Prinz in'e Gaststuuv kümmt, denkt de Kröger, aha, dar hett he wedder so'n rieke Bengel. De Prinz fraagt, um he dar kann Nacht blieven. Ja, dat lett sik maken, seggt de Kröger, un he kann dar uck allens to eten un to drinken kriegen.

Ja, seggt de Prinz, he hett twölf Buddeln ungarsche Wien mit, dar koenen se denn ja de Nacht fein mit fiern, he will se man even rinhalen. Un do geiht de Prinz na buten un röppt: „Twölf Buddeln ungarsche Wien!" Do kamen de Suldaten rinstörmen un kriegen de Kröger faat. Un de Prinz seggt, he schall man gau seggen, wonem he mit sin beide Bröder afbleven is. Wenn he dat nich seggt, wahrschuut he em, denn hau'n se em mit se's Sabels musendoot. He is nich so doesig as sin Bröder, seggt he.

Sin Bröder sitten dar in'e Keller, seggt de Kröger. Denn schall he se foorts halen, seggt de Prinz, wenn se nich glieks kamen, geiht em dat an't Ledder. Fröher hebben se mit sowat ja keen Spijöök dreven. Do geiht de Kröger weg un een Suldat geiht mit, denn de Prinz truut em nich. Un do kamen denn de beide Prinzen. Wat freu'n de sik. Se hebben em ümmer för en Doesbartel ansehn, seggen se, un nu is he noch de Plietscheste vun se dree. Denn stiegen se all to Perd un rieden na Huus to, 'nem se's Vadder sitt un luert.

In dat grote Holt kümmt de Oolsch wedder vördag. Sin Bröder hebben ja nix vun ehr weeten wullt, seggt se, man *he* hett ehr Raat annahmen, darför is he nu belohnt wurrn. Sin Bröder hebben nix mit en arme Minsch to doon hebben wullt. Nu hebben se mal sehn kunnt, seggt se, dat arme Lüüd uck wull mal dat richtige Enne faat hebben. Nu schoe'n se man gau na se's Vadder rieden, seggt se. All geven se de Oolsch de Hand un stiegen denn wedder to Perd. In een Ritt geiht dar dör bet na Huus. Mit Trumpettenschall ward de Sellschop bi't Slott willkamen heeten. De König kann mitmal wedder lopen un kümmt sin Jungs up'e Vörplatz in'e Mööt. To sin jüngste Soehn seggt he, wat is he doch för'n düchtige Jung, dat he dat all klaarkregen hett. Ja, seggt de, he hett sin Bestes daan un hart arbeid't. Nu weet he, wat arbeiden heet, seggt he. Un dar hett he de Vagel Fenus un de Appel vun'e Gesundheit, seggt he, de schall sin Vadder man in sin Kamer setten, denn ward he uck wedder ganz gesund.

As de Appel un de Vagel in'e König sin Kamer sünd, ward de Vagel sik roegen un ward fleuten. Dree Daag hett de Vagel fleut't, do ward 'n mitmal to en smucke junge Daam. De Deern fallt de jüngste Prinz um'e Hals un röppt, he is ehr Leevste, he hett ehr erlöst. Se is verhext we'n in en Vagel, seggt se, man nu is se wedder frie.

De König is wedder ganz gesund wurrn. Un dat hett uck en grote Hochtied geven, un wenn de Prinz un sin Fruu nich dootbleven sünd, denn leven se vundaag noch.

De an dat Ünnerste ut'e Kann will, kriggt de Deckel up'e Nüff

Dat is en gediegene Tied we'n, as Muusch Urian – de Düvel – mit sin Knechten hier noch up'e Eerde rumstromert is un Jagd maakt hett up'e Minschen se's Seelen. In de dare urole Tied hebben dar twee eenfache Buernjungs levt, Jan un Hermann, de sünd vun Lütt up tosamen groottrocken wurrn. Man se harrn meist nich verscheedener we'n kunnt. Jan is ranwussen to en stevige un fründliche junge Mann un is ümmer fröhlich un munter we'n; Hermann is schabbig we'n, verdreetlich un verslaten un nich licht tofreden.

Se sünd meist utwussen, do kümmt dar en ole Suldaat ut'e Krieg torügg. He is en Upsnieder vun'e eerste Klass un vertellt de Jungs so vel vun sin Suldatenleven – klaar, blots dat Gude –, dat se dar uck Lust to kriegen, un do kniepen se stiekum ut. Se gahn in Deenst bi en Hupen Landsknechten, de sik an *de* Königs verhüren, de de hööchste Sold beeden.

Mit de dare Hupen stromern se nu mal hierhen un denn wedder darhen, un wo ruug dat mennigmal uck togeiht, se kamen dar tomeist guut vun af. Man toletzt is se's Glück all. Vele hunnert Stunnen vun to Huus sünd se bi en König in Deenst. In en Feldslacht ward se's Hupen so degern slagen, dat dar man en paar Mann dat Leven beholen. Jan un Hermann uck. Man Jan hett en Hau in'e Arm kregen un Hermann in't Been.

Do süht dat nich guut ut för se. Se hebben so vel Bloot verlaren, se liggen ahn Besinnen mang de Doden up't Slachtfeld un warrn heel un deel utplünnert. Man Jan kümmt wedder to sik un geiht, so guut un so leeg as't geiht, up Söök na Hülp för Hermann, de kann ja nich lopen.

Man dar hett he keen Glück mit; de Lüüd hebben so vel Arger hatt vun se, keeneen will mitgahn. Do bemött he upletzt en ole Eremit. He vertellt em vun sin Problemen, un do geiht de mit em mit. Se bringen Hermann na de ole Mann sin Kaat in en grote Holt. De Mann wascht se's Wunnen guut ut, deit dar Salv up un wickelt dar en feine Verband um. De beide Bröder blieven so lang' bi em, bet se wedder in Stand sünd un reisen wieder.

Jan sin Arm is meist wedder heel, man Hermann sin Been will nich recht beter warrn, he is rein en Kroepel. Sodennig süht dat ut na en gefährlich lange Törn bet se na Huus kamen, wat se eegens vörhebben. Se hebben ja nix mehr, un do moeten se fechten gahn, dat se man an't Leven blieven, un se maken af, allens, wat se kriegen, woe'n se ehrlich deelen.

Sodennig maken se sik up'e Reis. Man dat geiht nich all to gau, un vör allen Hermann is vergrellt un twerig. Dar hett Jan gau de Näs vull vun. Darum sleit he Hermann vör, he will man vörut gahn un al mal versöken un kriegen wat tohopenbedelt. Denn kann Hermann in dat grote Holt, wat dar vör se liggt, wedder wat to Kräften kamen. Ja, dar dücht Hermann wat um, un Jan geiht mit Singen vörut. Dat Fechten löppt guut, he kriggt düchtig wat tohopen un geiht dar na dat Holt mit, 'nem he denn up Hermann luert. Man de kümmt un kümmt nich, un Jan hett so'n Smacht, he geiht al mal bi un eten. Denn ward he möö', un ünner en grote Boom drusselt he in.

Merrn in'e Nacht kriggt he en gehörige Schreck vun en gresige Radau. He rifft sik de Slaap ut'e Ogen un verfehrt sik degern, liek oever em in'e Boom sitten dree Düvels, elkeen mit en brennen Fackel in'e Fuust. In Doodsangst blifft Jan ganz still liggen un luustert, wat se seggen. De Baas hett em en feine een geven, seggt een vun se. De rieke Koopmann, de keen Minsch wat günnen is, de kriggt he. De Keerl is halv mall, nu he so stinkenriek is, he will nich vun sin Geld af, un keeneen kann em helpen.

Um dar nix mehr bi to maken is, fraagt een vun de annern. Jo, wiss, seggt de eerste, wenn dar man een en Adder ünner sin Bett leggt, denn ward he ganz fix wedder beter. Un wokeen *se* denn kregen hebben, will he denn vun de annern weeten.

Em hett de Baas en rieke Privatjee toseggt, seggt de tweete Düvel, de hett sin Geld up unehrliche Wies kregen. De Keerl hett sik so vull freten, he stickt nu meist in sin eegne Fett. Un he is gresig bang' vör de Dood.

Um dar keen Hülp an is, woe'n de annern weeten.

Jawoll, seggt he, man keeneen weet dat. In sin Soot, dar sitt en Schildpeit[1]. Wenn se en ieserne Haak mit en gollne Spitz hebben, denn koenen se dar dat Deert mit fangen. Wenn se denn de Mann sin Bost mit dat Fett darvun insmeern, denn geiht em dat wedder beter.

Un wokeen he kriegen deit, fragen se de drütte. Och, seggt he, he kriggt de malle König, de kreiht bald af un geiht doot. Sin ole Königsstadt is em nich fein

---

[1] Schildkröte

nugg we'n. Do hett he en nüe een buun laten, ganz vun Gold un Marmelsteen. Oh, wat is he stolt we'n up de feine Straten un de staatsche Hüser! All de Inwahners vun de ole Stadt hebben dar hentrecken musst, man do hett sik dat wiest, he hett dat Wichtigste vergeten. Wonem se dat in de nüe Stadt uck probeert hebben, keen Stä' is Water to finnen we'n. Do is de eene na de anner wedder wegtrocken ut'e Stadt, un nu löppt de König dar rum as mall. He maakt dat sachs nich mehr lang'. He hett utropen laten, wenn een dar nugg Water för de Stadt finnen kann, de kriggt sin staatsche Dochter, un wenn he sülven mal dootblifft, ward he König.

Um dar denn keen Schangs is, fragen se. O doch, seggt he, ünner en grote blaue Steen liek vör de König sin Slott is en Born, dar sitt mehr as nugg vun dat feinste Water in för de heele Stadt, man keeneen weet dat. Man een Glück, seggt he, sodennig kriggt he de grootsnutige Doeskopp bald faat.

Een kann sik ja denken, wo nipp Jan tohört hett. He kriggt nich mehr vel mit vun dat, wat de dree gediegene Herren denn noch besnacken; düsse dree Saken hett he al nugg an.

As dat in't Oosten hell ward un de Klock vun en ole Kloster fangt an to lüden, fleegen de Düvels mit vel Ramentern weg. Jan luert noch en paar Stunnen up Hermann, man de kümmt nich. Do geiht he up'e Söök un finnt gau en Adder in't Holt un maakt sik denn up'e Padd na de Stadt, 'nem de rieke Koopmann wahnen deit. He hett guut tohört: Wenn he ut dat Holt rutkümmt, schall de Stadt liek vör em liggen. Un sodennig is dat uck.

As he fraagt, wonem de Mann wahnen deit, ward em foorts sin feine Huus wiest. Jan lett de Klopper up'e Dör fallen, un foorts steiht dar en Deener in en feine Uniform vör em. Man as de sin plünnige Tüüg wies ward, snaut he em foorts an, sin Herr is dull süük un gifft nix an Bedellüüd.

He will uck gar nix hebben, seggt Jan, man he kann de Herr helpen. He? seggt de Deener un kickt em wat minnachtig an, so'n Drecksack? Un doch is't wahr, seggt Jan, he hett em in en Ruffdi beter. Do denkt de Deener, leeger, as dat nu geiht, kann dat nich mehr warrn, un vellicht fallt dar ja vör em düchtig wat bi af, wenn't guut geiht. Denn schall he man mitkamen, seggt he, man sachten.

Jan freut sik, dat et so glatt geiht. He löppt achter de Deener ran na en feine Kamer. Dar liggt de rieke Koopmann mit Ogen to up't Bett un hiemt na Luft. Ahn en Woort stickt Jan de Adder ünner't Bett un luert af, wat dar nu passeert. Dat duert man en lütte Ogenblick, do verännert de Mann sik heel un deel. He reckt sik un sleit de Ogen up. Gau sett he sik up un fraagt, wat dar passeert is mit em. Se schoe'n man sin Tüüg herkriegen, seggt he, he is wedder ganz gesund.

Do süht he Jan dar stahn. De vertellt em denn, dat he em hulpen hett. Dat schient, as wenn de nerige Keerl upmal umwennt is as en Blatt an'e Boom. Jan kriggt düchtig vun dat beste Eten un Drinken, un de Herr will em geern dar beholen. Man Jan seggt, dat geiht nich, he mutt noch mehr Lüüd helpen. Do lett de Koopmann em sin feinste Tüüg antrecken, un he kriggt so'n grote Lohn, dat he al binah en rieke Mann is. He kriggt dar noch en feine Perd to ut de

Herr sin Stall, un denn treckt he na en hartliche Adjüs afste' as en Herr.

Jan is oever de Maten stolt up sin nüe Klamotten, un wieldes sin Perd elegant de Weg lang draavt, singt he dat höchste Leed. As he na de Stadt kümmt, 'nem de rieke Privatjee wahnen deit, un se em up sin Fraag de sin Huus wiest hebben, kloppt he dar an. En Deern maakt de Dör up un kickt verbaast de staatsche Herr an. Un dat ward nich minner, as de seggt, he kann ehr Herr beter maken. Se löppt gau in't Huus, un foorts kümmt de Fruu rut na em. Ehr Ogen sünd heel rootweent. Jan vertellt ehr datsülve. Na, dat versteiht sik ja, dat se Jan in düt Tüüg gauer gloven as dat eerste Mal. He schall gau rinkamen.

As he de süke Mann in sin Doodsangst sehn hett, seggt he to de Fruu, se schall gau en Goldsmidt kamen laten. He mutt en ieserne Haak mit en gollne Spitz hebben, seggt he. Dat passeert. Jan binnt en Stück Tau an'e Haak un lett 'n dalsacken in'e Soot. Upmal snappt de Schildpeit to, un Jan treckt 'n rut. Denn snitt he dat Deert up un haalt dat Fett dar rut. Gau hen darmit na de doodsbange Patschent. Jan smert sin Bost in mit dat Fett. Foorts ward he ruhiger. Dat duert man en lütte Ogenblick, do kann de Mann wedder normal Luft halen. Wat freut he sik! Man Jan seggt, wenn he nu wedder bigeiht un fritt un süppt so vel as fröher, denn is dat gau wedder jüst so leeg as vörher. He dörv nich mehr nehmen as dat Halve, seggt he.

Dat laavt de Mann em to. Jüst so as de Koopmann will he Jan geern bi sik beholen. Man Jan hett noch ümmer desülve Grund un woe'n wieder. Do kriggt he so'n grote Lohn, dat he nu al so guut as riek is. De

Afscheed is jüst so hartlich, un Jan treckt wedder wieder. He denkt ümmerto an de staatsche Königs- dochter.

Dat Stück, wat he noch vör sik hett, bet he na de Königsstadt ahn Water kümmt, is länger as dat, wat he al achter sik hett. Man allens is so guut aflapen, dat he fröhlich un munter wieder reist un dar af un to en Leed bi singt. Een enkelte Mal ward he an Her- mann denken, de nu vellicht in Armoot rumstromert. He nimmt sik fast vör, wenn dat Glück em uck in düsse Stadt bisteiht, will he Lüüd losschicken, de em söken schoe'n. Un denn will he ehrlich allens, wat he kregen hett, mit em deelen.

Upletzt liggt de Stadt denn vör em. He bruukt nich eerst fragen, wonem he hen schall, denn de König sin Slott oevergeiht allens anner. As he rinkümmt in'e Stadt, kickt he sik meist de Ogen ut'e Kopp. Allens blenkert vun Gold un Marmelsteen. Man de Stadt süht ut as utstorven; he bemött keeneen.

He ritt na't Slott. Twee Deeners lopen dar rum. He vertellt, warum he kamen is, un seggt, se schoe'n em na de König bringen. Harr he sin ole Tüüg noch an- hatt, denn harrn se em sachs böös ansnaut, man nu meenen se, he is en Herr. De eene nimmt sin Perd un de anner geiht rin in't Slott. Foorts kümmt he wedder t'rügg un bringt Jan na de König.

Man de is al so faken bedragen wurrn vun Lüüd, de sik as Waterfinners utgeven hebben. As Jan bi em rinkümmt, seggt Majestät foorts, he hett hört, warum Jan dar henkamen is, darum will he vörweg mit em afmaken: Finnt he nugg Water för de Stadt, denn kriggt he sin Dochter un ward later na em König. Wenn nich, denn lett he em foorts uphängen.

Un wat uck indrapen mag, he ward sin Woort holen. Um Jan sik truut un nehmen dat an, fraagt he. Uprüümt un vull gude Moot, wiel dat de beide eerste Malen allens so fein glückt hett, seggt Jan: „Ja, König, ik nehm dat an. Giff mi man en paar Knechten, denn so schall dat nich lang' duern."

„Guut", seggt de König, he hett en heel gude Indruck vun Jan kregen, „denn man gau bi!" He klappt in'e Hänne un seggt to de Bedeenter, de rinkümmt, he schall foorts twintig Knechten dar henschicken. Dat duert man en Ogenblick, do sünd se al dar. De König seggt to se, se schoe'n allens doon, wat de dare Jung seggt. Denn schoe'n se man mal mitkamen, seggt Jan.

Se gahn all hen na en blaue Steen, de hett Jan dar al vör dat Slott liggen sehn. Denn schickt he de Hälfte vun'e Knechten na en Smidt, se schoe'n sware iserne Stangen halen. De annern moeten dat rund um'e blaue Steen frie maken. Wieldes steiht de König nieschierig an't Finster un kickt to. Sodraa de Stangen dar sünd, warrn se ünner de Steen staken, un de ward mit alle Mann hooch up'e Siet kippt. Do schütt dar foorts so'n grote Strahl klare Water tohööcht, dat se all verfehrt bisiet springen. So gau as he kann, kümmt de König dar nu uck bi. Elkeen, de dat Water probeert, uck de König, seggt, dat is ganz wunnerbar. Vör Freud fallt Majestät Jan um'e Hals un seggt, he schall mitkamen na sin Dochter. Dat Hart kloppt Jan bet in'e Hals. He denkt: Wodennig dat woll geiht?

Man dat löppt guut af. As de König em vörstellt un ehr vertellt, wat Jan daan hett, un dat se em nu heiraden schall, kriggt se so'n Lust to Jan un he to ehr, dat se all beid rein mall warrn. Do ward de grote Nüigkeit in't heele Land bekanntmaakt, un bald ward dar so'n prachtvulle Hochtied fiert, dar snacken se in dat Land nu noch faken vun. Jan kriggt en feine Slott vun'e König un en royale Inkamen. He levt dar heel glücklich mit sin Fruu. Man he hett Hermann nich vergeten. He schickt Lüüd afste', se schoe'n sin Broder söken, man keeneen kann en Spoor vun em finnen.

De König richt't dat sodennig in, dat dat Water in'e heele Stadt oeverall licht to kriegen is. Do kamen de Lüüd wedder vun alle Kanten hen na de Stadt. Elkeen will dar geern wahnen, so fein as 'n is. Man de König hett dar nich lang' Spaaß an. He ward süük un blifft na korte Tied doot. Do ward Jan König, un wiel dat he bi de Suldaten vel mitmaakt un uck vel oever de Minschen lehrt hett, ward he en gude un gerechte Först för sin Ünnerdanen. Wenn de Groten vun't Land de Lüüd leeg behanneln, kümmt he för dat Volk up un deit Gerechtigkeit. Dat is de Groten lang' nich mit. Se hebben dat al mit vel Wedderwillen hennehmen musst, dat he König wurrn is, man nu is dat Maat vull, un se stahn up gegen em. Man Jan hett dat Volk up sin Siet, un he weet in korte Tied sin Wedderpart so up'e Putt to setten, dat keeneen dat mehr waagt un doon wat gegen em.

Vun'e grote Gaarn bi sin Slott maakt he en Park. In'e gröttste Deel darvun dörv elkeen frie rumlopen. Sülven löppt he dar uck faken mang de Lüüd rum, un elkeen, de wat to klagen oder to fragen hett, kann em dar ansnacken. Denn lett he de Saak guut ünnersöken un sorgt darför, dat elkeen sin Recht kriggt. He is denn uck bi sin Volk bannig beleevt. An so'n Dag kümmt dar mal en Kroepel vun Bedelmann na em un fraagt um en Almosen. Jan kickt em guut an un denn fraagt he: „Büst du dat, Hermann?" Ja würklich, dat is desülvige Hermann, de se nich hebben finnen kunnt. Heel verbaast kickt he Jan an. „Kumm gau mit", seggt de, „vun nu af an scha'st du keen Armoot mehr kennen." To allereerst kriggt he nüe Ünner- un Boevertüüg un is al gau in en Herr verwannelt. Un as Jan sin Königin vertellt, wokeen düsse Frömde is, is se uck bannig fründlich to em. He mutt bi ehr an'e Disch eten. Wieldes vertellen se sik hen un her, wodennig se dat gahn hett.

Hermann vertellt, as Jan vöruttrocken is, is he em langsam achternagahn, man bald hett he nich mehr kunnt. Do hett de ole Eremit em funnen. He hett Mitleed mit em kregen un wecke Lüüd updaan, un de hebben em na sin Kaat in't Holt bröcht. Dar is he süük wurrn, man de ole Mann hett em truu versorgt, bet he wedder beter we'n is. Vör en paar Wuchen is he wedder vun em weggahn un tofällig na de dare Kant kamen, denn he hett nie nich wedder wat vun Jan hört. Un nu süht he, sin Broder is König.

Man freut he sik dar nu to, dat et Jan so guut gahn hett? Nee, as de eerste Freud sackt is, kümmt sin leege Aart wedder hooch. Dat duert nich lang', un he söcht wedder Arger. Jan will em to en Graaf maken un en hoge Inkamen geven, man Hermann seggt, dat is afmaakt, se woe'n ehrlich deelen. He will mit Jan König warrn un de Hälft vun sin Inkamen hebben un so wieder. Dar blifft he bi. Uck wenn Jan versöcht un maken em in Guden klaar, tosamen König we'n geiht nich, dat helpt allens nix. Do ward Jan toletzt uck argerlich, denn dat Strieden geiht oever de heele Dag. He seggt to Hermann, denn schall he man sülven sin Glück bi de Düvels versöken, en rejelle Keerl ward ut em ja doch nich mehr.

„Na", seggt Hermann, „wenn du mi Geld giffst un en paar Perde un en Knecht, denn will ik uck woll na de Düvelsboom gahn. Warum schull ik nich jüst so guut König warrn koenen as du?" – „Dat kriggst du foorts", seggt Jan, „man denk dar an, Hermann, de an dat Ünnerste ut'e Kann will, kriggt de Deckel up'e Nüff!" – „Ik kann guut jüst so vel Glück hebben as du", seggt Hermann. „Ik mag nich Graaf we'n, wieldes du König büst!" – „Ik heff di wahrschuut", seggt Jan, „man du musst dat ja sülven weeten."

Twee Daag later reist Hermann, up't Beste utrüst't, mit en Knecht to Perd na de Düvelsboom. He weet woll, wonem dat Holt is, un Jan hett em so genau beschreven, wonem de dare Boom steiht, dat he 'n licht finnen kann. An'e Avend vun'e soevente Dag kümmt he dar an. De Knecht mutt mit de Perde an'e Kant vun't Holt blieven un up Hermann töven. Man nu dat so wied is, dat he dar alleen up dal mutt, ward de doch wat bang'. Man he finnt de Düvels-boom al gau, un as he dar ünner en paar Büsche wies ward, krüppt he dar rin. He luert un luert, man dar passeert nix.

Upletzt, merrn in'e Nacht, hört he wat in'e Luft. Foorts darna is dar en gresige Schandaal oever em. De Sweet brickt em ut, denn he süht dar dree Düvels sitten mit brennen Stöcker in'e Hand. Een vun se fraagt: „Is ju een towiest?" Ja, em, seggt en anner, he kriggt nu en König. De is sin Leven lang en Unglück we'n, seggt he, Krieg föhren un Brandschatten, dat is sin Lust un Leven we'n. Man nu sitt he in'e Kniep. He is krumm vun Gicht un vergeiht vör Wehdaag. He hett de, de em helpen kann, sin Dochter un grote

Riekdoom verspraken, un de schall denn uck na em König warrn. Man keeneen kann dat.

Um he nich mehr kann rett't warrn, fraagt dar een. Hermann hört nipp to un is bet up't letzte anspannt … „O doch", seggt de eerste Düvel. „Man tööv mal even", seggt he denn, „wi hebben noch nich nakeken, um dar uck jichens een sitt un horkt. Düsse Königsseel will ik mi nich ut'e Näs gahn laten!" – „Nee, blots dat nich", seggen de annern, „wi moeten eerstmal guud rumkieken!"

Vull Doodsangst schütt Hermann tosamen. De Düvels fleegen dal ut'e Boom. Denn an't Söken. Gau hebben se em mang de Büsche funnen. Se trecken em rut un fleegen mit em hooch in'e Luft. Dar hollt een em fast, un de anner beiden hau'n em mit se's brennen Stöcker, wieldes he ganz gresig jammert un kriescht vör Wehdaag.

De Knecht kriggt dat gresige Schrien, dat wied umrum to hören is, uck mit. Do ward he so bang', dat he Hals oever Kopp mit de Perde utneiht. Vun em kriggt Jan later to hören, wat dar passeert is.

Un um de Düvels Hermann nu mitnahmen hebben oder um se em jichens en Stä' in en frömde Land hebben fallen laten – dat weet keeneen, denn keeneen hett jichens wedder wat vun em sehn oder hört. Man de Deckel up'e Nüff kregen, dat hett he! Un dat Märken is ut.

De lebennige Himphamp

An'e Kant vun dat Rode Meer hett mal en smucke Slott stahn, un in dat Slott hett en Ridder wahnt mit sin Fruu. Nich wiet darvun af hett en lütte Kaat stahn, un dar hett en Smidt in wahnt mit en verdeuvelt smucke Fruu. En smuckere Fruunsminsch is Stunnen rundum nich to finnen we'n. De Herr sin Fruu is grimmig we'n un en richtige Swienjack. Keen Wunner dat de Herr mehr Lust hatt hett to de Smidt sin smucke Fruu as to sin eegne Smeerlapp.

Elkeen Dag, wenn de Smidt düchtig an't Hamern we'n is, is he up en Kloensnack bi ehr ankamen, un ümmer hett he wat mitbröcht, un dat weer ja nich normal we'n, wenn se nich mehr Treck kregen harr na de smucke Ridder as na ehr eegne swatte Smidt. Dat de Smidt de Herr in'e Weg we'n is, versteiht sik vun sülven, un de en Hund slaan will, finnt gau en Stock. Nu is de Smidt bekannt we'n as so'n richtige Sludertasch, un dat hett de Stock warrn schullt för un jagen em ut sin Huus mit.

Mal kümmt de Herr na de Smä' rin: „Din Snackerie un din Puchen ward mi bilütten to bunt", seggt he, „dat mutt upholen. Du hest seggt, du kannst in een Nacht en Slott an't Rode Meer buun, un wenn du dat nu nich t'rechtkriggst, dat dar morrn fröh en feine Slott steiht, denn laat ik di uphängen an'e hööchste Galgen!"

Weg is de Herr; verdattert kickt de Smidt. Mit en bedröövte Gesicht vertellt he dat allens sin Fruu. Nu will se em ja leever hüüt as morrn loswe'n, un do raad't se em, he schall doch man blots utkniepen. Hen to Avend geiht he ut'e Dör un sleit de Weg in oever de Heid. As he dar so trurig rumdammelt, kümmt em en lütte ole Fruunsminsch in'e Mööt.

„Smidt", seggt de lütte Oolsch, „wonem wullt du denn noch so laat up dal? Un du lettst de Kopp so bummeln, is dar wat nich richtig?" – „Dat süht leeg ut för mi", seggt de Smidt. „De Herr lett mi an'e hööchste Galgen upbummeln, wenn ik dar nich för sorg, dat morrn fröh en smucke Slott buut is an'e Kant vun't Rode Meer." – „Na, Smidt, dar bruukst du doch nich so bedröövt för kieken. Dat kann ik sachs." – „Du? Du schu'st dat koenen? Dat kann doch keen Minsch up'e heele Welt!" – „Ja, ja, Smidt, ik kann so allerhand, vel mehr, as du denkst. Morrn fröh steiht dar en nüe Slott fix un ferdig, un denn kannst du de Herr Bescheed seggen, sin Befehl is utföhrt."

Ruff! – weg is de Oolsch. De Smidt truut de Saak doch nich so ganz, un mit Blie in'e Schoh geiht he na Huus. De neegste Morrn is he al vör Dau un Dag ut'e Feddern un up'e Weg na't Rode Meer. Man sin düüstere Gesicht klaart miteens up, as he dat nagelnüe Slott in'e Morrnsünn blinkern süht. He kloppt de Herr ut't Bett un wiest em na dat nüe Buuwark. He fleutet sik en lustige Stück un geiht wedder na sin Smä'. Man de Freud is man vun korte Duer.

Een schöne Dag kümmt de Herr hen to Avend in sin Warkstä' rin. De Smidt steiht un hamert, dat de Funken man so fleegen. „Sludertasch", fangt de Herr an, „dütmal scha'st du Lehrgeld betahlen, dar kannst up af. O, du scha'st wahrmaken, wat du seggt hest. Seh to, dat du morrn fröh mit twee nübar'ne Kinner, de Papa un Mama seggen koenen, vör min Dör steihst. Wenn nich, denn hängst du an'e hööchste Galgen, de dat gifft, ehrer morrn Middag de Klock twölf slaan hett."

Weg is de Herr; verdattert kickt de Smidt. De Smidt sin Fruu hett man all to guut hört, 'nem de Herr mit drauht hett, un wedder snackt se up ehr Mann in, he schall man foorts utneih'n.

De Smidt geiht foorts na buten. He sleit desülve Stieg oever de Heid in, un upmal steiht wedder de lütte Oolsch vör em. „Nanu, Smidt, wat kickst du bedripst. Du musst de Kopp nich so gau hängen laten." – „Ja, du kannst sachs snacken. Hol du mal din Kopp hooch, wenn du an'e Galgen scha'st." – „Na, wat hett he di nu denn wedder updragen?" – „Ik schall morrn fröh mit twee nübar'ne Kinner, de Papa un Mama seggen koenen, vör de Dör vun sin Slott stahn, oder he hängt mi up." – „Laat man, Smidt, dar kann ik di sachs bi helpen. Morrn fröh, ehrer de Hahn kreiht, stah ik darmit bi din Warkstä'. Gah du man gau na din Fruu un slaap fein."

Un weg is se. Vull gude Moot geiht de Smidt na Huus un krüppt fein warm bi sin Fruu to Bett. De lütte Oma hollt wedder Woort. Noch ehrer de Sünn hooch is, oevergifft se de Smidt twee Kinner, un de löppt dar in Draff mit na de Herr. Verbaast steiht de un kickt, as he de Kinner düütlich Papa un Mama seggen hört, un he ward vergrellt, dat he de Smidt nich ut'e Weg kriegen kann.

Man en paar Daag later steiht he, den Deuvel! wedder in'e Smä'. De Smidt bevert as en Reethalm. Mit en strenge Gesicht seggt de Herr: „Smidt, du hest wedder rumres't, un wenn du dat nich nakümmst, wat du seggt hest, bummelst du morrn an'e hööchste Galgen. Morrn fröh steihst du mit en lebennige Himphamp vör min Dör, un wenn nich, denn is dat noch vör Middag vörbi mit di." Weg is de Herr; verdattert kickt de Smidt. „Neih ut, neih ut!" röppt sin Fruu, „de Herr hollt sin Woort!" Mit hängen Kopp, as en Jung, de en Tass tweismeten hett, sleit he dat drütte Mal de Stieg oever de Heid in. Un dat drütte Mal kümmt em de lütte Oolsch in'e Mööt.

„Na, Smidt, wat is denn nu wedder los? So verbiestert heff ik di ja noch nie nich sehn." – „Dat is ja uck nich för nix. Ik mark, ik bün hier oever un sitt em in'e Weg." – „Wat hett he di denn nu wedder updragen?" – „Ik schall morrn na sin Slott kamen mit en lebennige Himphamp, un ik weet nich mal, wat en Himphamp is."

„En lebennige Himphamp", seggt de lütte Oolsch, „dat is so eenfach as man wat, dat geiht ganz vun alleen. Smidt, hör nu guut to un mark di allens, wat ik di segg, denn düt is dat letzte Mal, dat ik di raden do. Du geihst nu gau na Huus un sliekerst di ganz liesen dör de Achterdör na binnen. Dat is dar nich seker. Din Fruu is nich alleen. Bi de Boehntrepp steiht en Bessen mit en dicke Stel, un mit de dare Stel klarrst du ganz sachten rup na de Boehn. Liek oever dat Bett is en Lock, un dar luerst du di allens af. So draa as du wat wies warrst, wat di nich gefallt, seggst du sachten ,Hol fast!', un allens sitt boomfast."

As seggt, so daan. De Smidt jaagt na Huus un krüppt mit de Bessenstel to Boehns oever de Bettstä'. Do süht he sin Fruu in't Bett liggen, un de Herr steiht darvör in't Hemd.

„Ik mutt eerstmal pissen", seggt he to de Fruu, „lang mi mal de Putt her." Se kriggt de Putt faat un gifft em de. „Hol fast", seggt de Smidt. Foorts sitten se's Hänne fast an'e Putt, as weern se fastnagelt. In ehr Angst röppt de Fruu de Knecht waak: „Stell mal even de Putt up'e Rieg." De Knecht nimmt 'n faat. „Hol fast", seggt de Smidt baven, un de Knecht sitt fast, as weer he dar an fastklammert.

Do mutt de Deern kamen. „Stell mal de Pissputt up'e Rieg." – „Mutt ik darför extra ut min Bett kamen?" Vergrellt grippt se na de Putt, man oha! Nich mal de Düvel kunn ehr los kriegen, so fast sitt se, as de Smidt seggt: „Hol fast!"

As se veer Mann hooch in't Hemd de Pissputt fast-holen, kümmt de Smidt vördag. He haut mit sin Knüppel links un rechts in'e Runn un timmert so dull up se's blote Rügg, dat de Splittern man so fleegen. An Schrien un Janken fehlt dat nich, man dat he de Deern un de Knecht nich dröppt, dar passt he fein vör up.

As he so lang' haut hett, dat dat al hell ward, jaagt he se ut'e Dör un de Weg rup na't Slott. Man up'e Straat markt he, sin Fruu ehr Hemd is twei. Ehr heele Achterkastell kickt dar rut, so'n grote Lock is dar in. Dat liggt de Smidt so'n beten up'e Maag. He plöckt gau en Handvull Kleever achter sin Huus un smitt dat up't Lock. „Hol fast!" Dat Lock is dicht, un de Achterste is todeckt. Wieder geiht et. Se kamen an en grote Wisch, 'nem all de Herr sin Veeh löppt. De Wisch is so kahl as en Luus, un dwars dör de Wisch löppt en Footstieg.

Noch keen tein Schre' hebben se up'e Wisch maakt, do kriggt en hungerige Koh de Ruch vun'e frische Kleever in'e Näs. „Happs!" maakt se. „Hol fast!" seggt de Smidt, un mit mutt se. Do kümmt de Bull anrönnt un springt baven up de hungerige Koh. „Hol fast!" seggt de Smidt, un as anwussen, so fast sitt de Bull up'e Koh. Toletzt kümmt de Smidt mit de ganze

Togg na't Slott. Dar bruukt he se nich eerst waak kloppen, he bringt Larm nugg mit. De Bull bölkt, un de Herr un de Smidt sin Fruu schrien ut vulle Hals.

De Herr sin Fruu, sin Knechten un Deerns stahn een, twee, dree vör de Dör. Ümmer duller kümmt de Knüppel dal up'e Herr sin Rügg. So gewaltig geiht 'n to Kehr, dat sin Fruu Mitleed kriggt. Op'e Knee'n bedelt un lamenteert se to'n Gotterbarmen, bet de Smidt seggt: „Laat los!" Miteens sünd de Bull un de Koh mit'e Kleever un de Deern un de Knecht un de Herr un de Smidt sin Fruu los. De Pissputt fallt up'e Steentrepp in dusend Stücken. De Herr schaamt sik sodennig, dat he sik sülven an'e Kant bringt. He springt in't Rode Meer un versüppt.

Vun de Hund, de gar keen Hund is

Dar is mal en Schipper we'n, de is mit sin Schipp to See fahrt. Man denn is dat Schipp ünnergahn, un he is up en Stück Holt an Land dreven. He is nu ja heel vertwiefelt, dat he sin Schipp tosett hett, do kümmt dar en swatte Hund bi em an un fraagt em, wat em fehlen deit.

„Och, du kannst mi doch nich helpen", seggt de Schipper, man de Hund blifft bi. „Ik will di dat man seggen", seggt 'n, „ik kann di woll helpen." De Schipper is bang', de Hund is de Düvel un hollt de Mund, man as dat Beest ich nalett, seggt he dat upletzt doch, un he vertellt, he is sin Schipp verlustig gahn un kann nu keen nüe wedder kriegen.

„Laat du di man driest en Schipp buun", seggt de Hund, un de Schipper deit dat, he bestellt en Schipp. As se bi sünd un timmern, löppt de Hund dar de heele Tied bi rum, denn he mutt dar ja dat Geld to geven. As dat Schipp denn klaar is, betahlt de Hund dat, man dat hett ja noch keen Seils un keen Take-laasch.

„Wodennig kaam ik dar nu bi?" fraagt de Schipper de Hund.

„Hier hest du Geld", seggt de Hund, „dar koop du man Seils un Takelaasch för."

Un as de dar sünd, seggt de Schipper: „Nu heff ik noch keen Knechten un nix un leven vun up'e Reis." De Hund gifft em wedder Geld. „Koop dar wat to leven för un hüer Knechten an."

Dat deit de Schipper, un do is he klaar för de Reis. „Nu will ick uck mitfahren", seggt de Hund do. Na, un denn steken se in See. „Du scha'st man na Noorden to seilen", seggt de Hund. Na, de Schipper deit dat.

As se dree Daag seilt hebben, seggt de Hund: „Du musst di praat maken, wi kriegen annerthalv Daag Storm." Na, un do kriegen se uck richtig de dare Storm.

Un as de Storm vörbi is, seggt de Hund: „Nu hebben wi lang' feine Wedder."

Un akraat sodennig kümmt dat uck. Man denn seggt de Hund: „Nu kriegen wi wedder en Storm vun en dree Daag, maak di man praat." Un dat kümmt wedder so, as de Hund dat seggt hett.

Un na dat se wedder lange Tied feine Wedder hatt hebben, seggt de Hund, dar kümmt en Storm vun een Wuch, un se moeten man Anker smieten. Dat deit de Schipper denn, un de dare Storm geiht uck wedder vörbi. „Nu kriegen wi jüst so lang' feine Wedder, as wi noch up See sünd", seggt de Hund do. Un dat kriegen se denn uck.

Se fahren lange Tied wieder, un denn fraagt de Hund: „Sühst du noch keen Land?"

„Nee", seggt de Schipper.

„Seil man ümmer stüttig na Noorden to", seggt de Hund.

Dat deit de Schipper, un na en dree Daag fraagt de Hund wedder, um de Schipper noch ümmer keen Land süht. „Nee", seggt de Schipper, „ik seh keen Land, man ik seh en grote Füer. Dat süht rein ut as de Höll."

„Nee", seggt de Hund, „dat is nich de Höll, un dat is uck keen Füer. Dat is min Vadder sin Slott, dat is vun Gold, un dar schient de Sünn up."

178

Do seilen se noch en Stücker dree Daag, un darna kamen se na dat Land, man se koenen nich dicht nugg an'e faste Wall kamen, dat is dar nich deep nugg. De Hund seggt, se moeten man en Boot utsetten, un dar kamen se denn mit na dat Slott.

Dar is keen Minsch, un de Hund seggt: „Nu musst du dree leege Nachten utholen, aver hol di man stief."

„Is guut", seggt de Schipper.

De eerste Nacht brickt an, un as de Lichten angahn, is de Kamer vull Lüüd, un se griepen de Schipper un smieten em sik gegensiedig to, vun de eene na de anner. Sodennig geiht dat de heele Nacht, un as dat Dag ward, sünd all de Lüüd wedder weg, un dar sünd blots noch de beiden, de Schipper un de Hund, un dagsoever eten de beiden tosamen.

As de Lichten de tweete Nacht wedder angahn, geiht dat wedder jüst so, un se seggen: „Dat is mal en feine Spelball!" Un de drütte Nacht wedder jüst so. Man denn seggt de Hund, nu langt dat, un do kamen se na en Kamer, dar liggt en grote Swert up'e Disch.

„Dar musst du mi de Kopp mit afhau'n", seggt de Hund do. Man dat will de Schipper nich. „Nee", seggt he, „dat kann ik nich doon, du büst vel to guut we'n to mi."

„Man du musst dat *doch* doon", seggt de Hund, „anners mutt *din* Kopp dal."

Do deit de Schipper dat, un as de Hund sin Kopp af is, do ward he upmal to en Minsch.

„Sühst woll", seggt he, „sodennig is dat beter. Min Vadder harr mi in en Hund verhext, un blots up de Aart kunn ik wedder to en Minsch warrn."

De Schipper is natürlich blied. Un he kriggt noch sovel Geld vun de Hund to, dat dat langt för sin heele Leven. He bedankt sik bi de Hund, man de seggt, dat deit gar nich nödig. „Ik mutt mi bi di bedanken", seggt he. Un de Schipper geiht weg mit sin Geld.